DETETIVE **CS** PARANORMAL

FANTASMAS
NO CONVENTO

MARINA SANDOVAL

CAPA E DIAGRAMAÇÃO:

GABY FIRMO DE FREITAS

REVISÃO DE TEXTO:

Cássia Pires

Dados Internacionais da Catalogação (CIP)

P187a

Sandoval, Marina

C.S.: Detetive Paranormal. Fantasmas no Convento. - São Paulo: Editora, 2019.

159 p.; il.

ISBN 978-85-93707-57-5

1. Ficção brasileira. 2. Literatura infanto-juvenil - fantasia. I. Título.

CDU 821.134.3(81) CDD B869.93

Ficha Catalográfica elaborada pela bibliotecária

supermaryn@gmail.com

@marinacostantin

Para minha mãe que acredita em fantasmas e para o meu pai que não acredita tanto assim.

Sumário

CAPÍTULO 1

arlos dirigiu o seu fusca por duas semanas, parando
somente para reabastecer, descansar um pouco e comer
alguma coisa.

A ventania que Christa causara deixou o carro em um estado
deplorável, mas Carlos teve uma boa surpresa quando foi ver
quanto tinha no banco. Christa manteve sua palavra e havia
recheado sua conta. Ao ver aqueles números, o rapaz pensou se
deveria mesmo usar aquele dinheiro, mas o dilema não durou
muito tempo. Precisava de dinheiro e ali estava ele. Gostou de
imaginar o que Christa pensaria se soubesse que ele estava usando
seu dinheiro para tentar derrubá-la. Então, mandou consertar o
carro e caiu na estrada.

De vez em quando, Carlos olhava para o céu pensando quanto
tempo ainda tinha até que Christa aparecesse novamente. Brianna e
Jamal também surgiam na sua mente. Não podia negar que sentia

falta de conversar com alguém que não fosse caminhoneiro ou garçonete. Nunca foi uma pessoa de muitos amigos, sempre achou que os outros tinham algo que ele não tinha, pois parecia tão fácil para eles se sentar com um estranho e depois já chamá-lo de amigo. Mas Carlos tinha a impressão que essa palavra tinha um significado maior do que as pessoas dão a ela. Não sabia dizer quando ao certo duas pessoas podiam começar a se classificar como amigo, nem o que deviam compartilhar para ganhar o título, mas algo dentro de si chamava Brianna e Jamal de amigos, mesmo sabendo pouco sobre suas vidas.

Carlos viajou com esses pensamentos por quase todo o tempo. E quando não pensava nisso, pensava nos seus pais. Não tinha muito o que pensar sobre sua mãe, aliás, era isso mesmo que estava indo descobrir, mas fazia muito tempo que não falava com seu pai. A memória mais viva que tinha dele era das suas histórias de soldado, assim como suas paranoias, sempre achando que alguém os estava seguindo ou que iriam entrar em casa e matar todo mundo. Carlos se lembrava de que todas as portas e janelas tinham mais de um cadeado e o porão estava equipado para duas pessoas sobreviverem por pelo menos um ano sem sair dali. Agora Carlos pensava se talvez seu pai fosse mais são do que ele sempre achou.

A casa do seu pai ficava em uma cidadezinha esquecida por todos, cujo nome era Rio Branco. Os poucos habitantes que ali viviam eram velhos aposentados.

Exatamente como me lembrava. Pensou Carlos quando parou o carro em frente à casa.

Ele saiu do carro se sentindo um tanto nervoso. Ao tocar a campainha se deu conta de como sua mão tremia. Tocou uma vez e esperou. Nada, nem um ruído. As janelas todas fechadas davam a impressão de que não tinha ninguém em casa, mas ele sabia que seu pai não era de sair e tampouco de abrir as janelas, afinal, alguém pode estar sempre espiando.

Tocou uma segunda vez. Ainda nada. Na terceira vez, ele deixou a campainha apertada por um bom tempo e logo depois gritou, "Sou eu, Carlos, seu filho, lembra? Abra logo, sei que está aí!". Alguns segundos se passaram e ele ouviu o barulho de cadeados e chaves.

A porta se abriu com brutalidade e Carlos se deparou com um cano de uma espingarda apontada para o seu rosto.

CAPÍTULO 2

*C*arlos não ficou tão surpreso quanto qualquer outra pessoa ficaria. Conhecia o seu pai o suficiente para esperar aquela recepção. Virou os olhos e esperou pacientemente até seu pai abaixar a arma. "Entre logo!", disse seu pai com urgência. "Deveria ter me avisado que viria."

A casa estava em condições piores do que o rapaz se lembrava. Os móveis, que antes eram da cor de madeira, agora estavam cinza por causa da grossa camada de pó que os cobria. Carlos tossiu assim que entrou. "Como você consegue viver

9

assim?", mas o rapaz já sabia a resposta. O velho não se importava com nada. Carlos estava longe de ser um maníaco por limpeza, mas tudo tinha limite. "O que você quer aqui? Se está precisando de dinheiro, saiba que eu não tenho nem o suficiente para mim." Só então Carlos virou para encarar seu pai e viu o quanto ele tinha envelhecido. *Setenta anos... ou seriam mais.*

Embora a aparência envelhecida, era mais alto do que Carlos e tinha o corpo decaído de quem um dia foi muito musculoso. O único traço que os dois tinham em comum eram os olhos castanhos.

Seu pai pousou a espingarda no chão, pegou uma lata de cerveja na geladeira, se sentou em uma poltrona furada e bebeu.

Os raios do sol conseguiam achar brechas nas janelas e era a única luz que o ambiente tinha. "Não quero dinheiro." Naquele momento, Carlos se lembrou de como seu pai sempre se esquivara quando ele perguntava sobre a mãe, mas dessa vez não ia ser assim. "Eu *preciso* saber mais sobre minha mãe."

O velho engasgou e cuspiu cerveja para todos os lados. Limpou a boca com a manga da camisa. "Por quê?"

"Você sabia... Você sabe o que ela é... ou era?" O velho parecia cada vez mais confuso. Seus olhos iam de um lado para o outro, como quem procura por uma resposta, uma que não seja a verdade. "Eu já sei! Só preciso saber um pouco mais... É importante que eu saiba."

"Por quê? Por que é importante?"

"Algumas coisas aconteceram nas últimas semanas e... Eu acho que se eu soubesse mais, talvez pudesse impedir que coisas ruins acontecessem." Carlos não sabia ao certo o quanto podia revelar; seu pai já era paranoico o suficiente.

"Que tipo de coisas?", perguntou o velho dirigindo sua mão até a espingarda.

"Nada de mais... algumas... visões", Carlos achou melhor mentir e ir direto ao assunto. "Só quero que o senhor me conte tudo o que sabe sobre minha mãe e... sobre mim."

Seu pai o analisou por um momento e fez um movimento com a mão para ele se sentar. Carlos hesitou, tinha a impressão de que um rato poderia entrar na sua blusa se se sentasse naquele sofá. Olhou em volta e puxou uma cadeira de madeira, parecia mais segura do que o sofá. "O nome dela era Alvina, pelo menos foi o nome que ela me deu. Eu estava em uma base militar.Era de noite e eu fazia a guarda. De repente, vi o que parecia ser uma estrela cadente, mas logo percebi que não podia ser, pois caiu no chão e estrelas não caem no chão. Fui até o local e encontrei uma mulher... sua mãe. Estava machucada, tinha uma grande ferida no abdômen, mas estava viva e consciente. Eu ia levá-la à base, mas ela não quis. Disse que ninguém podia saber. Eu não entendi, mas fiz como ela queria."

Claro que fez. Pensou Carlos, lembrando-se de como Christa controlava as pessoas.

"Sem que ninguém soubesse, montei um pequeno acampamento para ela a uns cinco quilômetros da base. Toda noite eu levava comida e cuidava do seu machucado. Quando ficou boa, perguntei de onde ela veio. Claro que quando ela me contou eu dei boas risadas e achei que ela devia ter batido a cabeça, mas acabei acreditando quando percebi que ela podia entrar na minha cabeça. Aliás, foi por isso que eu fiz tudo o que ela pediu sem fazer nenhuma pergunta." Seu pai parou por um momento e limpou a garganta, "Não vou entrar em detalhes, acho que você já é bem grandinho para saber o que aconteceu entre nós...".

"Eu não preciso desses detalhes", disse Carlos prontamente.

"Bom, ela não tinha intenção de ficar por aqui. Eles estavam em uma batalha lá... seja lá onde for. Ela foi ferida e acabou... *caindo,* porém, quando ia voltar, percebeu que estava grávida e esperou até que você nascesse. Nesse meio tempo, eu pedi afastamento alegando motivos médicos", ele soltou uma risada e acrescentou, "Sua mãe fez um médico me dar um falso atestado de algum problema que agora nem me lembro mais". Ele voltou a ficar sério, "Nós viemos para cá e no dia seguinte após o seu nascimento... ela desapareceu".

Carlos nunca tinha pensado no seu pai com sua mãe, para ele sempre foram duas peças separadas. Mas naquele momento percebeu que ele sentiu algo por ela, ou pelo menos achou que sentia, talvez fosse ela controlando sua mente, mas não tinha intenção de falar sobre aquilo. Ele tinha uma boa memória dela e Carlos fazia questão que continuasse assim.

"Que batalha era essa em que ela estava?"

"Parece que outra valquíria, como ela, se rebelou e eles estavam lutando contra ela."

Christa. Pensou Carlos imediatamente.

Depois de um pequeno silêncio, seu pai continuou, "Nunca mais tive notícias dela. Mas, durante a gravidez, eu perguntei se você seria *normal*". Carlos inclinou o corpo para frente. "Ela disse que sim", seu pai pôde ver uma decepção nos olhos de Carlos, no fundo não queria que seu filho fosse algum tipo de aberração, "Ela disse que você só seria diferente se assim quisesse".

"O que isso quer dizer?"

"Olha, eu não entendo dessas coisas, então vou falar exatamente o que ela disse", ele limpou a garganta e continuou. *"Ele é meu filho, é claro que vai ser diferente dos outros. Imagine que dentro dele há uma semente, se ele nunca souber de nada, a semente ficará ali e ele parecerá normal a todos. Basta que ele queira para descobrir no que a semente pode se transformar."*

Os dois dividiram os mesmo olhar de confusão. "Não faço ideia do que significa. Só sei que fiquei muito feliz quando vi que você tinha dois olhos, um nariz, uma boca e tudo mais no lugar certo."

Carlos imediatamente pensou em quem poderia ajudá-lo. *Brianna.* "Só isso?"

"Eu não fazia muitas perguntas e sinceramente não queria que uma árvore nascesse dentro de você."

Carlos não pôde deixar de soltar uma risada abafada. Percebeu que até que sentia falta do seu pai, ele não tinha sido sempre assim paranoico, tinha boas lembranças da sua infância. Foi quando Carlos tinha 16 anos que seu pai começou a ficar estranho, nunca soube o que causou aquilo. Pensou em perguntar, mas talvez fosse demais para um dia só. *Talvez eu pudesse ficar... Não, preciso consertar o que fiz.* "O senhor precisa de alguma coisa? Disse que está sem dinheiro", perguntou Carlos enquanto se levantava.

Seu pai pareceu surpreso com a pergunta. "Não... eu... eu estou bem", ele também se levantou e Carlos se dirigiu à porta. "Você não está metido em nenhuma confusão... fora do normal, está?"

Mais uma vez, Carlos não pode deixar de sorrir. "Não. Eu... Não se preocupe. Só tive uns sonhos e queria saber mais, nada demais", o velho esticou a mão, mas Carlos sabia que talvez não o visse mais e lhe deu um abraço. Seu pai lhe deu leves tapas nas costas. "Obrigado. Por me contar tudo."

Quando Carlos já estava do lado de fora, se voltou. "O senhor acha que ela ainda está viva?"

"Eu gosto de pensar que sim."

O rapaz acenou com um sorriso, entrou no carro e foi embora pensando que pelo menos fez seu pai sair de casa por alguns segundos, pois quando olhou pelo retrovisor, ele ainda estava lá.

CAPÍTULO 3

*E*nquanto Carlos dirigia de volta para casa, ele pensou muito no seu pai, queria ter ficado mais, talvez voltasse para visitá-lo quando tudo acabasse e então começou a ter muitas dúvidas, se ele era realmente capaz de fazer qualquer coisa para impedir Christa de ir adiante com seu plano. Foi aí que se pegou pensando se ele sabia mesmo qual era o plano dela e a resposta era simples: não, não sabia nada. Mas no fundo da sua mente o que ele realmente queria saber era o que ele precisava fazer para, como sua mãe havia dito, *desabrochar a semente*.

Eram oito da noite quando finalmente chegou ao seu escritório. Sentia-se esgotado, nunca tinha dirigido tanto em tão pouco tempo. Antes de ir para casa quis passar no escritório para ver se não tinha chegado alguma correspondência importante.

Subiu as escadas enquanto pegava as chaves no bolso e quando olhou para cima, parou. A porta da frente estava aberta. Pegou o revólver no mesmo instante. Depois do que acontecera, ele sempre andava com revólver, facas e outras coisas como crucifixos que ele ainda não tinha certeza se tinham utilidade, mas que achava melhor ter por perto. Continuou a subir nas pontas dos pés; uma das tábuas rangeu e ele parou subitamente. Ninguém apareceu. Continuou subindo, podia ouvir vozes que vinham lá de cima. Espiou pela porta que dava para sua pequena sala de espera, a porta do escritório estava meio aberta. *Estão lá dentro*. Ficou surpreso ao perceber que desejava que fossem ladrões comuns. Entrou devagar e em um rompante chutou a porta e saltou para dentro do escritório com a arma em punho.

Carlos não sabia se ria ou se ficava preocupado. A sua frente estavam Brianna e Jamal olhando para ele com os olhos arregalados. Brianna estava encostada na parede perto da janela e Jamal sentado em cima da mesa. Carlos abaixou a arma. "O que vocês estão fazendo aqui? Como entraram? Aconteceu mais alguma coisa? Eu precisava mesmo falar com vocês..."

"Ei!", disse Brianna. "Uma coisa de cada vez. Primeiro: resolvemos aceitar a sua proposta." Brianna pegou um jornal que estava em cima da mesa e apontou para um anúncio em que estava escrito:

C.S.
Detetive Particular de Mistérios Paranormais

Sem saber por que, Carlos se sentiu um tanto envergonhado. "É... Eu mudei um pouco o anúncio. Achei que assim poderia ficar mais fácil descobrir pistas sobre Christa... seja lá o que ela quer fazer. Vocês podiam ter avisado em vez de invadir o escritório. Iam me poupar o susto."

"Ligamos, mas ninguém respondeu, tocamos a campainha, ninguém respondeu. Não tínhamos onde ficar então arrombamos a porta. Achamos que você não iria se importar e não, não aconteceu nada."

15

"Estamos aqui há dias, onde você se enfiou?", perguntou Jamal.

"Eu fui à casa do meu pai...", Carlos começou a contar tudo o que seu pai lhe contara sem rodeios. Falava depressa, pois queria chegar logo na parte em que perguntava se eles poderiam ajudá-lo com a *semente*. E foi isso que fez assim que o relato chegou ao fim.

Brianna e Jamal se entreolharam. "Eu não tenho ideia de como ajudá-lo", disse Brianna. "Nunca conheci um igual a você antes e acredite já conheci muita *gente* na minha vida."

"Você precisa de um mestre ou algo assim?", perguntou Jamal com seu habitual desinteresse.

"Não sei. Não consigo entender o que eu tenho que fazer. Talvez se eu me concentrar bastante..."

"Concentrar no quê?", perguntou Brianna.

Carlos balançou a cabeça e deixou o corpo cair em uma cadeira. "Eu estou com fome, vou pedir uma pizza."

"Ela te pagou?", perguntou Jamal.

Carlos já estava com o telefone em mãos e demorou um pouco para entender a pergunta. Do outro lado, uma moça atendeu, Carlos pediu duas pizzas de margherita e desligou. "Christa? Sim, ela me pagou, quer dizer, um dinheiro apareceu na minha conta. Só pode ter sido ela, pelo menos isso."

"Ela deve achar que se você estiver feliz não vai fazer nada", disse Brianna.

"E o que eu poderia fazer? Bem que eu queria fazer alguma coisa." Brianna deu de ombros. "Vocês estão diferentes." Carlos deu um tempo para uma resposta, mas como não a obteve, continuou, "Parecem mais... calmos".

"E por que ficaríamos nervosos se a besteira já foi feita e não há nada que podemos fazer. Temos que sobreviver enquanto o bar não fica pronto", respondeu Jamal.

"O bar está sendo reformado?"

"Foi o que eu acabei de dizer."

"E o resto da cidade?"

"Todos acham que foi um furacão, ninguém se lembra de nada e parece que não querem lembrar", falou Brianna.

16

Os três ficaram em silêncio por um tempo, até que Carlos perguntou, "Então, o que vocês têm feito por aqui? Alguém ligou?".

Brianna e Jamal se entreolharam com sorrisos maliciosos. "Ligaram", disse Jamal.

"E...?", perguntou Carlos ansioso para saber se seu anúncio tinha funcionado.

"Eram adolescentes, foi trote", respondeu Brianna. Carlos não escondeu sua decepção, mas então lhe veio algo pior em mente, "O que vocês fizeram com eles?".

"É muito errado passar trotes", falou Jamal de uma forma que fez os pelos do Carlos se arrepiarem.

O rapaz olhou para Brianna como quem pede uma explicação, "Não se preocupe, eles estão vivos, talvez um pouco traumatizados", ela soltou uma gargalhada e Jamal a acompanhou.

"O que vocês fizeram?", perguntou Carlos com ênfase.

"Relaxa", respondeu Jamal. "Eles ligaram aqui dizendo que estavam sendo atacados por vampiros, nós sabíamos que não era verdade, se eles estivessem sendo atacados por vampiros não teriam tempo de pegar o telefone, isso eu te garanto. Mas não tínhamos nada para fazer e fomos até o local. Esses moleques estavam nos esperando com ovos, então eu e Brianna mostramos a eles que com certas coisas não se brinca."

Carlos continuou olhando para eles como quem quer mais do isso e Brianna continuou, "Nos transformamos e fomos atrás deles, só os fizemos correr um pouco e depois fomos embora, nada demais".

Ele podia esperar aquilo de Jamal, mas nunca de Brianna, talvez não a conhecesse como havia pensado. A campainha tocou e ele foi buscar as pizzas encerrando aquele assunto.

Enquanto comiam, conversaram amenidades. Carlos não via a hora de ir para casa e deitar na cama, mas o que faria com aqueles dois, "Vocês estão dormindo aqui?".

Brianna anuiu e Jamal se adiantou. "Estamos bem aqui, pode ir para sua casa."

"Na verdade, minha casa não é muito diferente daqui... mas pelo menos tem...", ele pensou bem e a única coisa que sua casa tinha a mais era uma cozinha. "Tem uma cozinha..."

"Estamos bem, pode ir", disse Brianna.

Estava cansado demais para discutir e sabia que sua casa não era o melhor lugar para receber hóspedes, então se despediu e foi embora.

Nove dias se passaram desde que Carlos tinha voltado. Ele concordou com Brianna e Jamal que iria pagá-los pelos seus serviços, serviços esses que incluía descobrir o que ele deveria fazer para acordar seja lá o que estivesse dormindo dentro dele. Nesse tempo, o telefone tocou quatro vezes, uma delas era cobrança de contas que Carlos se esqueceu de pagar, duas eram pessoas que leram o anúncio e acharam que ele podia falar com seus parentes falecidos e a outra era um trote malfeito que ele fez questão de esconder de Brianna e Jamal.

Já estava de noite, eles tinham pedido comida em um fast-food qualquer de sanduiche e estavam esperando a comida quando o telefone tocou. Carlos atendeu prontamente. Do outro lado, havia muito ruído e uma voz que parecia ser de criança, mas ele não entendia o que estava dizendo. "Alô! Não estou ouvindo."

"Coloca no viva voz", disse Brianna.

O chiado se confundia com a voz da criança, Jamal era o único que conseguia separar os dois sons. "Ela está pedindo ajuda", ele disse. "Disse que está em um orfanato... Tem algo de errado... Todos sumiram... Poeta..." A ligação caiu e eles ficaram um tempo olhando para o telefone sem dizer nada.

CAPÍTULO 4

Os três esperaram um minuto para ver se o telefone tocava novamente, mas Carlos estava muito agitado para ficar ali parado. "Temos que fazer alguma coisa!", ele disse.

"Provavelmente era um trote. Deixa pra lá", respondeu Jamal.

"Não parecia um trote. Ela estava assustada! O escritório é meu e nós vamos atrás dela!" Perdeu a paciência, eles podiam não gostar, mas a verdade era que ele mandava ali e precisava começar a mostrar isso. "O que você acha?", ele virou para Brianna para fazer a pergunta.

"Eu acho que essa discussão não tem nenhuma utilidade, não sabemos onde ela está. Talvez ela vai ligar de novo."

Carlos parou um momento para pensar e nesse meio tempo a campainha tocou. Brianna foi atender e logo voltou com a comida. Carlos deu umas mordidas no sanduíche, mas andava de um lado para o outro pensando onde ela poderia estar. "Poeta."

"O quê?", disse Brianna com a boca cheia.

"Jamal disse que ela falou poeta", Carlos correu até sua mesa e começou a abrir as gavetas.

"Posso ter entendido errado", falou Jamal com descaso.

"Não! Tem uma rua que se chama Rua do Poeta, não fica muito longe", ele encontrou o que procurava. Colocou o guia de ruas em cima da mesa e achou rapidamente onde a rua ficava. Olhou para os dois, mas eles pareciam mais preocupados em comer.

"O que você vai fazer quando chegar lá?", perguntou Brianna enquanto ele pegava as chaves do carro e colocava o casaco.

"Bater na porta...", sua resposta saiu sem muita certeza, não fazia ideia do que faria, mas queria ir até lá. "Então, vamos?"

Jamal virou os olhos, mas foi atrás dos dois. "Se chegarmos lá e tiver crianças rindo da nossa cara, uma delas vai virar jantar."

Carlos paralisou só de imaginar a situação.

"Ele não fala sério", sussurrou Brianna.

Carlos dirigia rápido, sem respeitar os sinais. Não sabia explicar, mas sentia uma urgência crescer dentro dele. Brianna ia no banco da frente e Jamal, atrás. "Você já pensou que se a menina estiver falando sério, nós não temos nada para nos defender contra seja lá o que for", disse Brianna.

"Isso é o que você pensa. Jamal, olhe no porta-malas e pegue o que achar útil", respondeu Carlos.

Jamal olhou para trás, dentro do porta-malas havia muitos livros, machados, cartas de tarô, um arco e algumas poucas flechas, adagas e até estacas de madeira, além de outras coisas. "Você está esperando uma invasão sobrenatural?", perguntou Jamal.

"Depois do que eu vi, acho melhor estar preparado para tudo."

Jamal fuçou entre as coisas. "Isso tudo não adianta nada se não sabemos o que vamos enfrentar."

Carlos nem escutou, já estava na Rua do Poeta e acabara de passar em frente a um grande prédio antigo que poderia ser um orfanato, ele fez uma manobra descuidada para estacionar e pulou para fora do carro. Brianna e Jamal se entreolharam e saíram em seguida. Um vento gelado soprava, fazendo com que as folhas das árvores emitissem um som particular.

Carlos tinha razão, no portão do prédio estava escrito: Orfanato Convento Santa Ana. O prédio parecia uma mansão medieval. Um grande portão de ferro e um extenso jardim estavam entre eles e o edifício. "As luzes estão apagadas. Devem estar todos dormindo", disse Jamal.

"Vocês não acham estranho que não tenha nenhuma luz no jardim?", perguntou Carlos, se aproximando do portão.

Os dois olharam em torno e não havia nenhuma luz acesa dentro da propriedade. "Não podemos tocar a campainha. Se foi um trote e todos estiverem dormindo, vamos passar por idiotas e ainda são capazes de chamar a polícia", disse Brianna.

"Não disse para tocarmos a campainha", respondeu Carlos fazendo menção de subir nas grades do portão, mas Jamal o puxou para baixo no mesmo instante.

"Você está louco? Quer invadir um convento acompanhado de um demônio e um lobisomem?"

"Só vamos saber se foi ou não foi um trote se conseguirmos olhar mais de perto."

"Eu vou", disse Brianna em um suspiro. "Mas se alguém me pegar e eu tiver que tomar *providências,* saiba que é culpa sua."

"Providências?", repetiu Carlos em um tom preocupado, mas já era tarde, Brianna deu um salto e pulou para o outro lado do portão.

Carlos ficou boquiaberto. "Eu também posso fazer isso", disse Jamal com descaso.

Brianna correu pelo jardim como uma sombra. Carlos tentou segui-la com o olhar, mas a perdeu de vista.

Ao chegar perto do edifício, ela procurou uma janela que tivesse a luz acesa, mas não achou nenhuma. Olhou para dentro da janela mais próxima. Viu uma sala de aula, carteiras em filas, todas viradas para uma lousa. *Os quartos devem ficar lá em cima. Não vou achar nada aqui.* Brianna olhou em volta, para ter certeza de que ninguém estava olhando, e subiu pela parede com a rapidez de uma aranha.

O edifício era de quatro andares, Brianna parou no terceiro e novamente olhou pela janela. Não teve tempo nem de piscar, a janela se abriu, ela estava para cair quando uma mão pegou no seu

21

braço, mas não conseguiu puxá-la, Brianna apoiou os pés na parede e com ajuda da outra mão conseguiu entrar.

Carlos e Jamal assistiram à cena do portão. "Não era para ela entrar", disse Carlos num tom mais alto do que queria.

Jamal tapou a boca dele com a mão, fazendo um sinal para ele não falar. Tirou a mão da sua boca e se aproximou do portão e estudou cada uma das janelas, tentando ver o que estava dentro.

"Você ainda acha que foi um trote?", perguntou Carlos depois de um tempo.

Sem responder, Jamal foi até o carro, abriu o porta-malas e fuçou nas coisas. "Não tem uma bússola no meio disso tudo?"

"Tem", respondeu Carlos tirando uma bússola do bolso. "Depois de ficar perdido debaixo da terra, você achou que eu não começaria a andar com uma bússola?"

"Pelo menos você aprende rápido. Fique com ela, vamos precisar."

"Por quê? Você sabe o que está acontecendo?"

"Posso estar enganado, mas isso cheira a malditos fantasmas. Eu vi algo que parecia uma espécie de luz passar por uma das janelas e explicaria por que a ligação da menina estava falhando... Isso não é bom, Brianna morre de medo de fantasmas."

"Ela é um demônio e tem medo de fantasma?"

"Uma triste verdade. Vamos precisar de um necromante", Jamal tirou um celular bem antigo do bolso e discou.

"Um o quê?", perguntou Carlos.

"Alguém que sabe lidar com os pés frios. Fique de olho na escola."

Carlos foi até o portão. Tudo estava igual, era como se nada tivesse acontecido. As folhas balançavam ao sabor do vento e o convento parecia desabitado. O quarto no qual Brianna entrou continuava com a luz apagada. Ouviu Jamal que falava ao celular, não parecia muito preocupado e isso o deixava mais calmo. Assim que ele desligou foi ao encontro de Carlos. "Vamos entrar."

"Não temos que esperar o seu amigo?"

"Ele vai demorar um pouco, não está muito perto." Jamal procurou por uma lanterna no porta-malas e de quebra achou um isqueiro que ele pensou que poderia ser útil.

"Achei que você enxergava no escuro", disse Carlos apontando para a lanterna.

"Eu enxergo, mas você não", ele lhe deu a lanterna. "Vamos. Vou te jogar para o outro lado do portão."

"O quê?"

"Você consegue pular?"

"Não...", Carlos não teve tempo de terminar de falar, Jamal o pegou pela camisa e o jogou para o outro lado, saltando em seguida.

CAPÍTULO 5

*A*ssim que Brianna caiu no chão, pulou para trás se afastando de quem a puxara para dentro, mas logo se acalmou, na sua frente estava uma menina. A garota levou o dedo à boca, fazendo sinal para ela não fazer barulho, se aproximando devagar. "Eles podem nos ouvir", sussurrou a menina.

"Foi você quem ligou?", Brianna cochichou de volta. A menina assentiu. "O que está acontecendo? Quem pode nos ouvir?"

"Os fantasmas."

"Fantasmas?!", repetiu Brianna com a voz tremendo. "O... o que eles querem?"

"Não sei."

"E onde estão todos, você disse que sumiram."

"Foi o que eu disse, sumiram."

Ótimo! Fantasmas e freiras desaparecidas. "Tem algum lugar que é seguro?"

"Acho que eles não vão à biblioteca, mas não tenho certeza, eu estou sempre em movimento."

"Por que você acha que eles não vão na biblioteca?"

"Por que a Freira Noemi está lá. Foi ela quem fez isso."

Não fazia sentido. "Foi ela que fez o quê?"

"Que chamou os fantasmas."

"Por que ela far...", um barulho de vidro quebrando fez com que ela parasse de falar.

A menina pegou na sua mão e a puxou. "Temos que ir para outro lugar."

Ela abriu a porta e elas correram pelo corredor, passaram por dois quartos e entraram no terceiro. Era um quarto grande, com nove beliches. Assim que a menina fechou a porta atrás delas, Brianna perguntou, "Por que você disse que foi a freira que chamou os fantasmas?".

"Porque foi! Eu estava lá na biblioteca, não deveria estar, deveria estar dormindo, mas não conseguia dormir e fui ler, eu sempre faço isso, nunca me pegaram, então eu estava lá quando ela apareceu, eu me escondi e ela entrou por outra porta, é uma parte da biblioteca que nós não podemos ir, mas ela deixou a porta aberta e então eu fui até lá e espiei." A menina falou tudo em um só fôlego, fez uma pausa para puxar o ar e continuou. "Ela pegou um livro e leu alguma coisa em voz alta, eu não entendi o que era e então tudo ficou escuro e frio. Eu fiquei assustada e nem me mexi, ela saiu da sala e me viu, eu comecei a pedir desculpas, mas ela não quis ouvir, me pegou pela mão e começamos a subir as escadas quando vimos...", os olhos da menina se arregalaram.

"O quê? Os fantasmas?"

"Um deles apareceu bem na nossa frente, pálido e parecia tão assustado quanto nós, a freira deu um berro e saímos correndo. Fomos até o quarto dela, ela pegou um jornal no lixo e me mostrou o anúncio, me mandou ligar até conseguir falar com alguém. Eu pedi para ela não me deixar sozinha, mas ela disse que precisava arrumar o que ela fez. E então apareceu mais um fantasma, ela disse para eu correr e eu corri, voltei para o meu quarto, então eu vi, todo mundo tinha sumido. Voltei correndo para a sala dela, mas ela já não estava lá e então eu fiquei tentando ligar para vocês, mas o telefone não estava funcionando direito."

Brianna ficou pasma por um tempo. Tentou processar toda a informação, mas então percebeu algo curioso. "Então, eles não tentaram te machucar?"

"Não."

"Você disse que o fantasma estava assustado."

"Parecia."

"Acho que ele também não sabe como chegou aqui. Como eu chego à biblioteca?" A menina explicou. "Fique aqui... ou continue correndo, eu vou até lá."

"Quero ir também", a menina agarrou a mão de Brianna com força.

"Eu acho melhor você ficar longe, não sabemos o que está acontecendo e parece que você está indo muito bem. Qualquer coisa, grita."

A menina soltou sua mão sem muita convicção.

Brianna abriu a porta com cuidado, pensando por que era sempre ela que se metia nessas situações e não Jamal. Somente a luz da noite iluminava os corredores da escola, mas havia algo de diferente naquela escuridão. Ela não conseguia enxergar muito bem, ela se aproximou do parapeito do corredor e olhou para baixo e para os lados e nada. Nem um som, nem uma pessoa, mas também nenhum fantasma. Desceu as escadas e chegou a um corredor estreito, com castiçais pendurados na parede.

Quando Brianna chegou ao fim do corredor ouviu um barulho. Parou de andar para escutar melhor. Parecia o som de alguém mexendo em uma maçaneta. Seguiu aquele som que ia ficando mais alto e claro à medida que andava. Um passo, dois passos e a porta se estraçalhou na sua frente. Uma luz a cegou e ela distinguiu uma sombra, sem hesitar deu um murro em quem se encontrava na sua frente e em seguida outra pessoa a derrubou no chão. "Brianna!", disse Jamal. Os dois se olharam com espanto, ele saiu de cima dela e deu a mão para ela se levantar.

"Não vi que era você", ela falou sem levantar a voz.

"Eu também não", respondeu Jamal se abaixando para pegar a lanterna. "O que acontece aqui?"

"Não me diga que eu acabei de bater no Carlos?", falou Brianna olhando para o homem no chão.

"Se você não quer que eu diga, eu não digo", respondeu Jamal.

Ela se abaixou, Carlos estava se sentando levando as mãos ao nariz e gemendo de dor. "Desculpa, eu não vi que eram vocês."

"Você quebrou meu nariz!"

"Já pedi desculpa."

"Descobriu alguma coisa?", perguntou Jamal.

"Parece que temos uma freira que decidiu brincar com o que não conhece."

"O quê?", perguntou Carlos enquanto se levantava.

"Eu explico no caminho. Ela está na biblioteca."

CAPÍTULO 6

*D*epois de tropeçarem em praticamente todos os móveis e levarem um susto quando um fantasma passou de um quarto ao outro bem na frente deles, os três chegaram à capela, a porta da biblioteca ficava logo atrás do altar do lado direito.

"Temos mesmo que passar por aqui?", perguntou Jamal.

"Eu seria a primeira a achar outro caminho se tivesse. A menina disse que era a única porta", respondeu Brianna.

Assim que colocaram os pés dentro da capela, a lanterna de Jamal começou a piscar, "Carlos, olhe a bússola".

Ele tirou a bússola do bolso, o ponteiro estava enlouquecido. "Acho que isso responde a pergunta: Onde estão todos os fantasmas?", disse Jamal olhando para Brianna com um sorriso brincalhão no rosto, mas assim que viu o rosto da amiga, falou, "Brianna você precisa respirar para viver".

Carlos queria muito se mostrar corajoso depois de tudo o que acontecera com Christa, mas não pôde deixar de dar alguns passos para trás quando Jamal abriu a porta da capela e eles se depararam com mais de vinte fantasmas. Estavam todos espalhados pela capela. Alguns pareciam despreocupados como se estivessem em uma reunião de amigos, outros estavam irados com alguém ou alguma coisa, outros pareciam tristes, outros hostis, alguns pareciam afáveis, outros estavam sérios, alguns pareciam doentes, outros aterrorizados, estes talvez até mais do que Brianna e Carlos, tinham os melancólicos que não paravam de gemer e, finalmente, os festivos. Estes últimos estavam tão felizes que estavam prestes a derrubar o lustre. Nenhum deles, porém, parecia se importar com os três parados na porta.

Os fantasmas pareciam fumaças com forma humana, seus pés quase não apareciam, mas seus braços, sim. Seus rostos eram a única coisa nítida e eram bem expressivos, e seus olhos tinham uma luz própria. "Então, temos que atravessar...", Carlos começou a falar, mas logo parou.

"Eles não parecem interessados em nós, talvez não façam nada", disse Jamal.

"Eles não estão interessados porque não nos viram ainda", falou Brianna entre os dentes, se esforçando para não sair correndo.

"Tudo bem, eu vou", afirmou Jamal, já cansado daquilo.

"O quê? Não! Temos que sair daqui e chamar um necromante", Brianna falou segurando o braço de Jamal.

"Eu já chamei, mas ele vai demorar e eu não estou com vontade de esperar", ele saiu andando sem dar tempo para ela dizer mais nada.

Os dois o observaram parados na porta. Jamal contornou o último banco da capela até chegar à parede à direita, andava lentamente, sempre prestando atenção aos fantasmas. Conseguiu cruzar a capela, a porta estava a poucos metros dele quando um fantasma, daqueles festivos, apareceu na sua frente, fazendo com que ele saltasse para trás. Brianna agarrou o braço de Carlos no

29

mesmo momento. "Viu por que odeio esses seres!".

O fantasma parecia ser de um homem, ele soltava um som alto e estridente que provavelmente tinha a intenção de ser uma risada. Jamal tentou contorná-lo, mas ele se colocou na sua frente novamente. "O que você quer?", disse Jamal em um murmúrio para não atrair a atenção dos outros.

O fantasma não respondeu, deu voltas em torno de Jamal, como uma criança que quer brincar.

"Isso não vai dar certo", disse Brianna observando de longe. "Eu sabia que não ia dar certo."

"Precisamos distraí-los", retrucou Carlos. "Não parecem tão perigosos, vamos distraí-los e Jamal pode alcançar a porta."

"Não! Você acha que não são perigosos, porque eles não querem ser, mas se se irritarem você vai ver como podem ser assustadores."

"Tudo bem, então eu os distraio e você corre para a biblioteca. Por que você tem tanto medo deles, você é um..."

"O quê?", ela perguntou irritada, mas logo se acalmou. "Eles aparecem do nada, somem do nada, gritam e... são instáveis e estão mortos então eu não posso simplesmente arrancar o coração deles para me defender!"

"Tudo bem! Entendi", disse Carlos, tentando acalmá-la, embora a parte do coração o tenha deixado um tanto espantado. "Já falei, vou distraí-los e você corre para a porta."

"Não, eu... eu vou ficar bem, eu lido com os fantasmas e você pode... fazer o que quiser."

"Mas...", Carlos ia argumentar, já não entendia mais nada.

"Tem uma freira lá dentro e eu não sei quem me assusta mais", retrucou Brianna, já sabendo o que ele ia dizer.

Nesse instante, ouviram um rosnado, olharam para Jamal, seu rosto estava deformado, metade lobo e metade humano, o fantasma a sua frente voou para cima assustado e Jamal correu para a porta.

"Nunca vi alguém assustar um fantasma antes", disse Carlos aliviado.

"Ele se assustou porque não esperava, mas não tem medo dele e você nunca viu nenhum fantasma antes", respondeu Brianna preocupada.

Só então perceberam que o rugido de Jamal chamou a atenção de todos os fantasmas e como ele desaparecera pela porta, todos estavam olhando para os dois. Eles deram alguns passos para trás devagar e os fantasmas, no mesmo ritmo, se aproximaram.

Carlos segurou a mão de Brianna e eles correram.

CAPÍTULO 7

*A*ssim que Jamal fechou a porta da biblioteca, se deparou com uma pequena escada que ia para baixo. Sua lanterna ainda falhava, mas ele não precisava dela ali, era o único lugar onde a escuridão era natural. Desceu as escadas e andou devagar por entre as prateleiras e livros, podia ouvir sussurros e soluços. *Acho que a freira se arrependeu de brincar com fantasmas.*

Ele andou mais um pouco até chegar à outra porta que ficava do lado oposto de onde estava. A porta estava meio aberta e uma luz sutil de vela saia de lá de dentro. Ele se aproximou com calma, caso fosse realmente uma freira não queria assustá-la, e caso não fosse, não queria ter uma desagradável surpresa. Colocou a mão na porta e a empurrou, em seguida, um jorro de água caiu em seu rosto seguido da falação da freira. "Deixe-me em paz, demônio, vá embora!"

Ele cuspiu a água e secou o rosto com a manga da camisa. "Eu não sou um demônio, mas tenho uma amiga que é se você quiser falar com ela", disse ele. A freira continuou a observá-lo com os olhos arregalados e um crucifixo em mãos. "Eu acho que você mandou a menina ligar para o Carlos... para nós... ou algo assim, não sei, não estava prestando tanta atenção quando Brianna contou."

"Você... é o homem do anúncio... no jornal?", ela perguntou gaguejando enquanto abaixava o crucifixo.

"Não, ele está lá fora com medo dos fantasmas. Eu sou... seu...", Jamal pensou bem sobre o que ele era. Jamais diria que era assistente daquele franzino. "Sou seu braço direito, sem mim ele estaria morto", disse ele com presunção. "Me chamo Jamal e você?"

"Noemi... Ele trabalha com casos sobrenaturais e tem medo de fantasmas?", perguntou a freira desconfiada.

"Pois é, para você ver. Ele é meio novo nisso. Mas vamos ao tópico da noite: o que você fez?"

"Eu... eu... eu..."

"Você fez algo. Isso já sabemos", começava a perder a paciência.

"Você não vai acreditar", disse ela enquanto se sentava.

"Eu te garanto que eu acredito em muita coisa que a maioria nem imagina."

A freira apertava uma mão contra a outra e começou o relato olhando para os lados, como se alguém fora ele pudesse escutá-la. "Eu estava dormindo... Tive um pesadelo, ou achei que era um pesadelo. Estava em meio a uma batalha, tive a impressão que só havia mulheres, mas depois vi alguns homens. Lanças e flechas voavam para todos os lados e elas gritavam... uma delas me chamou, quando eu comecei a andar na sua direção uma lança passou raspando no meu braço. Senti uma dor imensa e... acordei. Meu rosto estava molhado, nem sei quando tinha começado a chorar e então eu senti a dor, de verdade, eu estava acordada mas ainda sentia a dor e quando levei minha mão... estava sangrando", ela levou a mão ao braço, mas não mostrou o machucado a Jamal, visto que usava uma blusa de lã. "Eu corri para a capela e comecei a rezar, não sei dizer por quanto tempo, depois eu acho que dormi sentada... ou estava acordada, não sei. A mulher de antes, a que me chamou no pesadelo, apareceu na minha frente e disse: 'Para evitar que essa guerra chegue ao seu mundo, você deve achar sete *daemons...*' E então eu acho que ela foi atingida por algo, seu olho ficou estranho e ela desapareceu. Quando me dei conta de que estava na capela, corri para a biblioteca. Essa seção possui diários e livros antigos, alguns são da época da inquisição, muitos pertenciam a bruxas e foram guardados aqui em segurança. Eu sabia que já tinha ouvido aquela palavra antes: *daemons*. Mas não me lembrava o que era. Então eu abri este livro", ela apontou para o livro aberto em cima da mesa. O livro era velho, mas em boa condição, Jamal o pegou e olhou sua capa, as letras do título que um dia foram douradas agora estavam quase apagadas, mas ele conseguiu ler, *Histoire de la Daemonologie*. Ele voltou a olhar para a página que estava aberta, a freira se aproximou e apontou para o canto direito da página. Havia algo escrito à mão, alguma anotação que alguém fez há muito tempo. Jamal se inclinou para ver o que era e a freira continuou falando. "Estava difícil de ler, então comecei a pronunciar em voz alta para ver se fazia sentido e então tudo ficou escuro e eu senti um frio terrível e... então a menina estava lá fora e quando saímos...", a freira fez o sinal da cruz e se sentou novamente. "Tinha visto seu anúncio no jornal há uns dias, e não é um anúncio que você vê todo dia, então me lembrei dele no mesmo instante, mandei a menina ligar e estou aqui tentando consertar isso... Meu Deus, a menina! Ela está bem? Eu a deixei lá fora! Você sabe o que houve? Sabe... resolver isso?"

"É melhor você se acalmar, eu não sou muito bom com mulheres histéricas", a freira o encarou ofendida e ele continuou. "O que eu acho que você fez na sua brincadeira foi fazer uma troca, você mandou todos do convento para o plano espiritual e todos que estavam nesse espaço do plano espiritual vieram para cá."

"Meu Deus! Todas... todas as freiras... as crianças... estão todas... Meu Deus, o que eu fiz?! Mas você pode consertar, pode trazê-las de volta? Elas estão bem?"

"Com certeza não estão tendo a melhor noite da vida delas... se bem que, sendo uma freira, talvez isso seja o máximo de diversão que elas vão ter na vida", Jamal soltou uma risada que não agradou

Noemi.

"Você acha isso engraçado?", ela perguntou indignada.

"É um pouco engraçado se você pensar bem. Não se preocupe, meu amigo vai chegar e vai resolver tudo, tenho certeza que no máximo elas voltarão um pouco... atônicas. Pegue o livro e vamos subir, quando ele chegar temos que mostrar o que você...", ele foi interrompido pelo barulho de coisas se quebrando e gritos que ele tinha certeza de que eram de Brianna. Sem dizer nada à freira, ele saiu correndo, segundos depois ela agarrou o livro e o seguiu.

CAPÍTULO 8

Carlos e Brianna correram em vão, pois os fantasmas simplesmente apareceram na frente deles. Eles os rodearam com seus humores estranhos, encarando-os como se quem não devesse estar ali fossem os dois. Sussurravam entre si coisas como: "Foram eles?".

"Não deveríamos estar aqui!"

"Eu quero estar aqui!"

"Eles vão nos mandar de volta?"

"Se nos trouxeram devem querer algo."

"Eu quero ir embora."

"Será que posso visitar minha mulher?"

"Fiquem quietos!", gritou um deles e em seguida esticou seu rosto até ficar a poucos centímetros de Carlos e Brianna. "O que vocês querem conosco?" Sua pergunta não foi tão intimidadora quanto se poderia imaginar, ele tinha um grande sorriso no rosto, parecia incrivelmente feliz por estar ali, mas aquilo não queria dizer nada, pois fantasmas podem mudar de humor muito facilmente.

Brianna gaguejou algo que ninguém, nem mesmo ela, conseguiu entender, então foi Carlos quem falou. "Não fomos nós quem... fez isso...", não sabia exatamente o que dizer, só não queria irritá-los. "Nós... alguém ligou... para... por que..."

"Eu não me sinto bem", disse um dos fantasmas. Carlos respirou um tanto aliviado, teria um pouco de tempo para pensar.

"Você é um fracote, saia daqui, ninguém precisa de alguém como você!", respondeu outro fantasma.

Aquele que se lamentou obedeceu a ordem e voltou para a capela.

"Então, o que o rapaz dizia?", voltou a perguntar o fantasma com o sorriso.

"O que ele tem?", perguntou Carlos, era a única coisa que conseguiu pensar e de certo modo estava curioso para saber.

"Ele é um suicida, eles ficam assim depois, sempre se sentindo mal, como se estivessem doentes." Carlos não pôde deixar de sentir pena, mas o fantasma novamente perguntou, "Agora nos responda logo, o que estamos fazendo aqui?".

"Acontece que... nós... também não sabemos o que vocês estão fazendo aqui."

Mais uma vez houve uma pequena comoção no grupo de fantasmas, que começaram a falar todos de uma vez, até que um deles gritou como uma criança chorando, "ESTAMOS PERDIDOS!".

"Nunca mais sairemos daqui!", disse outro.

E então coisas em volta deles começaram a explodir, os lustres, as portas e os objetos que por ali estavam. Carlos pensou que tinha sido toda aquela comoção que causara as explosões, mas todos os fantasmas se afastaram, cada um foi para um lado e outros voltaram para a capela, só restaram dois e não foi difícil perceber que foram aqueles dois que causaram aquilo. Suas expressões não enganavam, não estavam assustados como os outros.

Ele e Brianna ficaram ainda mais grudados depois da explosão, Carlos olhou para trás por cima do ombro na esperança de ver Jamal, mas ele não apareceu. Depois que os dois fantasmas os observaram por um tempo, eles desapareceram, só para aparecerem novamente a poucos centímetros dos dois, Brianna soltou um grito e eles riram. "Não queremos nenhum problema", disse Carlos, sem achar nada mais ameaçador para dizer. "Só queremos tirar as pessoas... fantasmas daqui..." Antes que ele continuasse os dois explodiram em uma risada sarcástica, mas Carlos continuou mesmo assim. "Onde estão todos? Vocês sabem? Foram vocês que..."

"Nãooo fomooos nóóós", disse um deles, de um jeito meio cantado. "Mas gostamos de quem o fez e se não foi você, isso quer dizer que você está aqui para nos mandar de volta e nós não queremos ir."

Carlos engoliu seco e pensou que maldita hora ele escolheu para colocar aquele anúncio, o que ele sabia sobre aquelas coisas? Nada! O que ele podia fazer? Nada! Então, para sua surpresa, Brianna se colocou na frente. "Nós não... Não temos o poder de mandar vocês de volta, só viemos ver o que aconteceu. Já estamos indo embora..."

"Não, não, não! Vocês vão buscar ajuda... Não podem sair."

"Por que vocês querem ficar aqui?", perguntou Carlos, por mais estúpida que a pergunta soasse, ele achou que era uma boa maneira de evitar outra explosão, pelo menos por enquanto.

"Porque aqui é melhor do que lá. Podemos fazer coisas divertidas por aqui, podemos nos vingar, por exemplo..."

"Se é isso que vocês querem, por que ainda estão aqui?" Carlos não tinha certeza se queria ouvir a resposta, mas já que estava ali, precisava saber.

"Porque não conseguimos sair!", dessa vez ele pareceu extremamente irritado e outro objeto explodiu, fazendo Brianna gritar mais uma vez.

Naquele momento, Brianna entendeu o que eles pretendiam e entendeu também por que eles estavam tão perto, os cheirando como se fossem cachorros farejadores. "Não sobrou ninguém", ela falou e Carlos ficou sem entender nada. "Não há humanos aqui para vocês possuírem." No fundo da sua mente, Brianna pensava na garota e desejou que ela estivesse longe e bem escondida.

"Ah, mas eu sinto cheiro de humano, demônio... e esse aqui", ele se aproximou mais ainda de Carlos. "Tem cheiro de humano, mas há algo de estranho nele."

"Ele é... diferente. Você não vai conseguir possuí-lo."

"Então, vamos atrás de outro", disse o outro fantasma.

"Já disse que não há mais ninguém!", gritou Brianna.

"Então o que é aquilo que vejo."

Brianna e Carlos olharam para trás, já esperando encontrar a criança, mas não foi o que viram. Lá estava Jamal e a freira. Os dois fantasmas voaram para a freira em uma corrida para ver quem chegava primeiro, Jamal sem poder fazer nada só pôde assistir à cena, a freira agarrou seu crucifixo que estava em volta do seu pescoço e rezava sem parar. Os fantasmas pararam bem em cima dela, mas não entraram no seu corpo.

"Não vai me dizer que rezar realmente espanta fantasma?", perguntou Carlos à Brianna, sem acreditar que tinha dado certo.

"Não funciona. Deve ser outra coisa", respondeu Brianna pausadamente, tentando entender por que eles não entraram.

Noemi continuou ali, de olhos fechados e rezando, não tinha uma parte do seu corpo que não tremia, mas ela não se mexia. Jamal e Brianna trocaram olhares e, devagar, para não chamar a atenção dos fantasmas que ainda pairavam sobre a cabeça da mulher, Jamal andou até eles. "Acho que ela é uma espécie de vidente", sussurrou Jamal.

Os fantasmas urraram de raiva e os vidros das janelas explodiram. "Quanto tempo ainda vai levar para o seu amigo chegar?", perguntou Carlos ansioso.

"Não sei", respondeu Jamal, também aflito.

"O que você quer dizer com ela é uma vidente? Ela é uma freira!", perguntou Brianna.

"Eu tenho quase certeza de que ela foi até Asgard em sonho e uma valquíria pediu sua ajuda, ela leu uma coisa em um livro sem saber o que era e isso aconteceu, ela pode não saber o que ela é, mas o fato dos fantasmas não conseguirem entrar só confirma o que estou falando."

"O quê? Você disse valquíria?", agora Carlos tinha ficado mais interessado. Jamal se limitou a anuir e Carlos encheu o peito de orgulho. "Quem disse que meu anúncio era inútil?"

Jamal rolou os olhos e eles voltaram a olhar para a pobre freira que permanecia na mesma posição, mesmo depois dos gritos dos fantasmas. As duas criaturas voaram até Jamal com fúria. "Por que não podemos entrar na maldita freira?", um deles perguntou.

"Ela é como nós, embora não pareça."

"Ela não é como nós!", disse Brianna em um tom ofendido.

Agora, Noemi já tinha aberto os olhos e encarava o grupo com os olhos arregalados. Carlos teve a impressão que não demoraria muito para ela desmaiar. Ele se aproximou pensando, *O lugar está cheio de fantasmas e só falta ela se assustar justo comigo.* "Você está bem?", perguntou. Não era uma pergunta muito inteligente, mas não sabia o que mais perguntar.

"Estou...", disse a mulher ainda segurando o crucifixo com força.

"Eu sou Carlos, eles são meus amigos." Carlos deu mais um passo para ficar mais perto dela, queria falar no seu ouvido. "Eles não podem achar a menina."

Noemi intuiu o porquê, pôde sentir que eles queriam entrar no seu corpo. Carlos a pegou pelo braço e tentou se afastar dos fantasmas, que ainda especulavam com Jamal e Brianna por que não conseguiam entrar em Noemi e Carlos, mas deram somente dois passos e os fantasmas já voaram para frente deles. "Aonde vocês pensam que vão?"

A freira soltou um grito abafado e os fantasmas riram alto. "O que é isso que você tem aí?", disse o outro, olhando para o livro.

"É só um livro.", respondeu Carlos, sabendo que devia ser mais do que isso.

Eles voaram ao redor da freira para cima e para baixo, enquanto ela permanecia imóvel. "O que tem no livro?", sussurrou Brianna a Jamal.

"As palavras que trouxeram esses malditos para cá."

"Então qual é o problema se eles virem? Pode ser uma boa distração."

"Ei, vocês!", gritou Jamal para os fantasmas. "Deixa a mulher em paz!"

"E o que você vai fazer, lobinho? Vai nos comer?", eles riram novamente, alto e agudo, como sempre.

"Será que eu tenho gosto do quê?", disse o outro passando bem perto de Jamal.

Enquanto isso, Brianna se aproximou da freira, "O livro!", a freira balançou a cabeça. "Vai logo!", disse Brianna sem paciência.

Carlos colocou a mão no ombro da mulher, "Vai ficar tudo bem. Dê o livro a ela". Noemi obedeceu ainda um tanto relutante. Assim que Brianna pegou o livro, ela saiu correndo em disparada. Os fantasmas a viram. Soltaram um berro de ódio que quebrou os vidrais da capela e foram atrás dela. Antes que a freira saísse atrás deles, Jamal se colocou na sua frente. "Temos que mantê-los ocupados enquanto meu amigo não chega. Se eles acharem a menina, vão possuí-la e sair daqui, isso não pode acontecer."

A freira ainda parecia em um estado de choque tão grande que eles não sabiam dizer se ela compreendia tudo o que falavam. "Vamos nos separar", disse Carlos. "Eu fico com ela. Quem achar a menina primeiro à leva para a biblioteca, os fantasmas não vão lá, certo?"

"Olha só quem resolveu usar a cabeça!", disse Jamal em um tom amigável e saiu correndo para o andar de cima logo em seguida.

Carlos também queria correr, afinal, isso parecia a coisa mais sensata a se fazer perante a situação, mas não parecia que Noemi estivesse disposta a uma corrida. "Onde você acha que ela pode estar?", ela olhou para ele com o olhar perdido. "A menina! Onde pode estar?"

"Não... acho que... lá em cima... talvez."

"Esse lugar tem quatro andares!", a freira não respondeu, mas então Carlos pensou. *Se eu fosse uma criança e estivesse muito assustada para onde iria?* Após alguns segundos pensando, ele falou, "Tentaria sair, mas não pela porta da frente...", ele se virou para a freira novamente. "No quarto andar, há um alçapão que vai para o teto?", Noemi anuiu. "Vamos!", ele a pegou pela mão e sem se importar se ela tinha ou não condição de correr, a arrastou escada acima.

CAPÍTULO 9

*H*avia duas escadas no orfanato, uma paralela a outra dando um formato quadrado ao local. No primeiro andar, Jamal escancarava uma porta atrás da outra, mas nada da menina. Neste andar, estavam as salas de aula, e em uma delas, Jamal achou que tinha visto alguém, mas era só um dos fantasmas inofensivos e, nesse caso, antissocial. "O que você quer? Não se pode nem morrer em paz. Saia daqui! Eu não deveria estar aqui!" Jamal deixou o fantasma gritando e continuou sua procura, até ouvir a voz de Brianna que o chamava. Olhou para o lado direito e lá estava ela, no terceiro andar do lado oposto ao dele.

"Pega!", ela lançou o livro para ele, Jamal saltou para pegá-lo, agarrou uma mão no grande lustre do convento e pegou o livro com a outra. Os fantasmas voaram até ele fazendo o lustre balançar, Jamal jogou as pernas para cima a fim de se apoiar no lustre e conseguiu. Um dos fantasmas passou zunindo perto dele fazendo-o derrubar o livro e o desequilibrou. Brianna saltou no lustre para ajudar seu amigo, mas a única coisa que conseguiu foi fazer com que ele se enroscasse ainda mais nas correntes. "Não tem nada que nos sirva nesse livro!", gritou um dos fantasmas.

"Claro que não, idiota!", respondeu Jamal, já irritado com aquele lustre, querendo saltar dali, mas sem conseguir.

Ainda mais furiosos, os dois fantasmas deram voltas e voltas em torno do lustre de uma forma que as lâmpadas estouraram e Jamal e Brianna se enroscaram cada vez mais na tentativa de se proteger dos vidros que voavam.

Carlos e Noemi chegaram ao quarto andar esbaforidos. "Onde está o alçapão?", perguntou Carlos entre uma puxada de ar e outra.

A freira parecia que estava voltando a si, ela não falava, mas pelo menos reagia. Noemi o levou até uma sala, ficou na ponta dos pés e puxou uma corda presa ao teto. A porta se abriu e uma escada dobrável foi descendo. Ela subiu primeiro e Carlos foi logo atrás.

O teto do prédio era plano com quatro colunas que lembravam torres de castelos. Assim que saíram, viram a menina agachada perto de um dos pilares, estava tão encolhida que quase se mesclava com a parede. Carlos se aproximou devagar, enquanto Noemi ficou parada perto do alçapão. "Está tudo bem. Viemos ficar com você. Foi para mim que você ligou, eu sou amigo daquela moça que você conversou."

A menina se levantou e andou na direção dele. "Eles foram embora?"

"Ainda não, mas logo, logo vai acabar", Carlos olhou para a rua lá embaixo na esperança de ver o amigo de Jamal chegar, mas a rua estava tão deserta quanto antes. "Nós vamos ficar aqui escondidos. Não vamos te deixar sozinha."

"Achei que íamos para a biblioteca", disse Noemi.

"Mudança de planos", respondeu Carlos se virando para a freira. "Você e ela vão ficar aqui, acho que é mais seguro do que tentar ir até a biblioteca."

"E o que você vai fazer?"

"Vou fazer de tudo para que eles não venham para cá, mas você precisa me prometer que não vai deixá-la sozinha", Carlos já tinha entendido que aquela mulher não era a pessoa mais corajosa que ele já conhecera.

Noemi assentiu nervosamente. Carlos não ficou muito convencido, mas precisava ver se Jamal e Brianna precisavam de ajuda e tinha que avisá-los sobre onde a menina estava. Ele se virou para assegurar, mais uma vez, à menina de que tudo ia ficar bem, mas antes que ele dissesse qualquer coisa ela gritou apontando para frente. Carlos olhou para trás e só teve tempo de ver Noemi caindo dentro do alçapão, ele correu até ela na esperança de segurá-la pela mão, mas já era tarde. E lá estavam os dois fantasmas com a freira inconsciente no chão. "Achou que podia escapar?", um deles perguntou.

"Onde estão Brianna e Jamal?", Carlos perguntou preocupado. Os dois riram e falaram em conjunto. "Estão trocando as lâmpadas", mais gargalhadas se seguiram.

Carlos olhou para trás, a menina estava novamente encolhida em um canto. *Se eles pudessem sair, já estariam aqui.* Com esse pensamento, Carlos achou que a menina estava a salvo.

"Nos dê o humano que está aí com você e nós não matamos a freira."

O rapaz sentiu uma rolha na garganta, eles sabiam, precisava pensar rápido, mas não lhe deram tempo, um caco de vidro se mexeu sozinho no chão ao lado de Noemi, o vidro começou a flutuar até chegar à garganta da moça. *De novo, não*, Pensou Carlos se lembrando de Brianna sendo ameaçada por Christa, mas então lhe ocorreu uma ideia. "Vocês já decidiram quem vai ocupar o corpo dela?", o caco de vidro parou no ar. "Só tem um humano aqui e vocês são dois. Quem vai entrar?"

Os dois fantasmas se encararam, pelo visto não tinham pensado nisso e como Carlos esperava, eles começaram a brigar dizendo, "Eu vou entrar!".

"Não, eu!"

Pareciam duas crianças que queriam o mesmo brinquedo, mas não possuem nenhum argumento para tê-lo. O único problema da briga dos dois é que quanto mais nervosos ficavam, mais o prédio balançava, olhando para baixo Carlos percebeu que algumas pedras das paredes estavam caindo, se não fizesse algo, Noemi seria atingida.

Carlos olhou para a menina, fez um gesto para ela ficar ali em silêncio, se encheu de coragem e desceu as escadas, os fantasmas não se importaram com sua presença, pois ainda discutiam. Ele sentiu o pulso da freira, ainda estava viva, a colocou sobre o ombro e estava subindo as escadas novamente, quando uma força o puxou para trás e ele se estatelou no chão com a freira em cima dele.

"Aonde você pensa que vai?"

"Não queria interromper a discussão", disse Carlos.

"Nós dois vamos entrar."

"O quê?", Carlos realmente não achou que aquilo era possível.

"Só precisamos dela para sair daqui, uma vez lá fora, podemos trocar de corpo e seguir nosso caminho."

"Mas vocês não podem...", ele não tinha argumento.

"HUMANO!", gritou um dos fantasmas olhando para cima.

"Fique aí!", gritou Carlos, que em seguida foi atingido por uma pedra.

"Humano, mataremos todos aqui se você não aparecer."

Carlos se sentia um tanto tonto, mas fazia força para continuar consciente. "Não venha, fique aí!", ele tentou gritar, mas sua voz não conseguia ultrapassar as vozes dos fantasmas, e então outra pedra voou na sua direção, mas, dessa vez, ele desviou.

Quando olhou de novo para cima, seu coração afundou. Duas pequenas mãos apareceram na beirada do alçapão, a menina espiou para baixo. Os fantasmas riram dessa vez de satisfação. "Volte!", gritou Carlos, mas já era tarde, eles puxaram a menina para baixo e a única coisa que Carlos pôde fazer foi amortecer a queda.

"Agora a diversão começa", disse um deles.

"Não, ainda não", Carlos pegou a menina no colo e saiu correndo. Sabia que não havia chance, mas tinha que tentar.

Ele corria para um lado e logo os dois apareciam, corria para o outro e lá estavam eles. Agora mais do que nunca entendeu por que Brianna odiava os fantasmas. E no meio disso, ele viu, lá em cima, no grande lustre que ficava no centro do convento, Jamal e Brianna enrolados entre as correntes e fios que prendiam as lâmpadas. Esse pequeno desvio de atenção lhe custou caro, antes que pudesse correr mais uma vez, ele viu a *fumaça* de que eram feitos os fantasmas entrarem pela boca da menina. Carlos a colocou em pé e a sacudiu, como se aquilo pudesse ajudar, mas já era tarde.

"Carlos, foge!", gritou Jamal que assistia à cena.

"Ela não pode sair!", gritou Brianna.

O rapaz correu pelas escadas, saltou pelos móveis espalhados pelo chão, caiu de cara no chão, se levantou e continuou correndo. Chegou até a porta da frente e a fechou, mas Jamal tinha destruído o trinco para entrar, então não havia modo de trancá-la. Carlos pegou todos os móveis que achou por perto e os arrastou para frente da porta. Um pequeno armário, cadeiras, mesinhas, foi tudo o que encontrou. *Não vai segurar... e eles podem sair pelas janelas. Como vou segurá-la aqui, não posso fazer mal a uma criança.* Mas no fundo sabia que era a única maneira. Pegou um pedaço de madeira que estava caído entre tantas coisas que explodiram e foi andando em direção a menina. Ela, por sua vez, descia as escadas calmamente com um sorriso no rosto e o olhar sem vida. *Não é ela, não é ela.*

"Você não vai me machucar, vai?", disse a menina.

Carlos engoliu seco. "Vocês não podem sair..."

"Ah, podemos", a menina passou por Carlos sem se importar com sua postura de quem iria bater nela e continuou andando em direção à porta.

Enquanto isso, Brianna conseguia cortar algumas correntes com suas unhas, mas estava longe de se desvencilhar.

Carlos respirou fundo e deu uma pancada com o pedaço de madeira na perna da menina, ela caiu, e olhou para ele com os olhos furiosos. "Já disse que não posso te deixar sair."

"Você vai ter que matá-la então." As palavras saíram da sua boca, mas seus olhos brilharam como aqueles dos fantasmas.

Carlos se preparou para atacá-la novamente, mas todo o seu corpo ia contra aquela ação. A menina o encarava com ódio e então ele ouviu um tilintar, olhou para cima, o lustre balançava. Segundos depois, caiu. Vidro voou por todos os lados, Carlos se abaixou protegendo o rosto e a menina riu alto. Ela se voltou para a porta e começou a afastar os móveis, mas assim que abriu a porta se deparou com um homem.

CAPÍTULO 10

O homem era alto de peito largo, com olhos violetas, sobrancelhas grossas, cabelos lisos e castanhos que caíam no seu rosto desajeitadamente indo até seus ombros. Vestia um sobretudo preto velho e tão sujo que algumas partes estavam cinzas, calças pretas e uma camisa branca aberta até metade do peito. Segurava uma foice enferrujada na mão esquerda e usava um anel de madeira na mão direita. Ele analisou a menina por um momento e ela fez o mesmo, em seguida, ela abriu a boca para soltar um daqueles gritos horríveis, mas não teve tempo, o homem colocou a ponta da foice na sua testa e ela estremeceu como se estivesse levando um choque.

Os outros três assistiam tudo de longe, Jamal e Brianna, machucados, ainda tentavam se desvencilhar do lustre. Carlos já tinha se levantado, havia cortes por todos os lados por causa dos cacos de vidro, mas seus olhos estavam vidrados na cena. O necromante afastou a foice da testa da menina, ela bamboleou sem destino como alguém que foi drogado, o homem fechou a porta atrás dele, pegou a menina pelo casaco e a arrastou com ele. "O que você fez com ela?", perguntou Carlos.

"Só dei uma fritada nos malditos", ele respondeu, soltando a menina no chão. Carlos notou que ele tinha um leve sotaque francês. Em seguida, deu a volta entorno do lustre olhando para Jamal e Brianna com um ar de divertimento e caiu na risada. "Isso é o que acontece quando a gente se aposenta."

"Cala a boca e nos ajude a sair!", falou Jamal.

"Você precisava chamar justo ele?", perguntou Brianna a Jamal.

"Não me diga que não está feliz em me ver?", falou o homem.

"Ele era o único que eu tinha certeza de que estava por perto", Jamal respondeu a Brianna.

"Ei, você, me dá uma mão", disse o homem para Carlos, pousando a foice no chão.

Os dois se abaixaram e começaram a desenrolar Jamal e Brianna das correntes do lustre. "A menina vai ficar bem?", perguntou Carlos enquanto trabalhavam. Ele deu uma olhada para a garota que ainda estava estendida no chão e de vez em quando dava um tremelique.

"Isso eu ainda não sei, você é meio apressado, hã?"

"Esse é Carlos", disse Jamal. "Carlos, esse é Jean, o necromante que te falei."

"Então, o que houve aqui?", perguntou Jean.

"Resumindo, a freira..." Carlos parou o que estava fazendo, com tudo aquilo que acontecera tinha se esquecido de Noemi. "A freira!", ele largou tudo e correu escada acima.

"O que deu nele?", perguntou Jean.

"Ele é novo nisso", respondeu Jamal, já quase livre das correntes.

Brianna estava quieta e com o humor pior do que antes, assim que Jamal se libertou, o necromante passou para o outro lado para ajudá-la. "Se você tivesse ficado comigo, não estaria nessa situação", ele disse com um sorriso amigável.

"Se eu tivesse ficado com você, não teria uma casa."

"Pelo o que eu sei, você não tem uma casa."

Brianna lançou um olhar raivoso para Jamal, que fingiu que não viu e falou, "Eu vou procurar o livro...", ele se afastou dos dois e alguns minutos depois Brianna estava finalmente solta. "Então, o que aconteceu por aqui? E por que vocês estão aqui?", perguntou Jean novamente.

Brianna explicou a situação, ela foi obrigada a contar o que aconteceu no Vale do Rubi, visto que o que levou a freira a fazer aquilo foi uma visão das valquírias, mas ela tentou resumir o melhor que pôde. No final do relato, ele perguntou, "Então agora vocês trabalham para esse Carlos, posso saber por quê?".

"Não trabalhamos *para* ele, trabalhamos *com* ele. É diferente", ela respondeu.

Nesse momento, Carlos descia as escadas com Noemi em seus braços. "Uma pedra bateu na sua cabeça, fez um pequeno corte, não acho que é sério, mas não consigo acordá-la", ele colocou a freira no chão com cuidado.

O necromante enfiou a mão dentro da sua capa e tirou um frasco de bebida, abriu a tampa e passou no nariz da mulher, que logo abriu os olhos espantados e tossindo. "O que houve? Onde eles estão?", perguntou a mulher enquanto se sentava.

"Entraram na menina... mas tudo vai ficar bem, o... o... especialista está aqui."

"Especialista? Até que soa bem", disse Jean com um sorriso arrogante.

Carlos ajudou a freira a se levantar e em seguida Jamal chegou com o livro e o entregou ao necromante. "Vigiem a menina, ela vai acordar daqui a pouco", ele disse enquanto analisava o livro. "Onde estão os outros?", ele perguntou depois de um tempo lendo o conteúdo do livro.

"A maioria está na capela, são inofensivos, pelo menos é o que parece, até eles estavam com medo desses dois", respondeu Carlos, que queria tomar o controle da situação.

"Vocês tiveram sorte, se todos fossem que nem esses dois, o problema seria muito maior, mas eu não diria que os outros são inofensivos, eles são mais burros, isso com certeza."

"Você sabe como reverter? Todos vão voltar? Por favor...", falou a freira com lágrimas nos olhos.

"Eu não posso fazer muita coisa na verdade, quem vai ter que reverter é você."

"Eu!?"

"*Oui,* você que chamou os palhaços, você que deve mandá-los de volta. Acontece com a maioria das invocações. Aliás, você deve ser uma *daemon* muito...", Jamal pegou no braço do necromante com força e balançou a cabeça.

"Eu sou o quê?", Noemi perguntou assustada. "O que vocês são, afinal?", o grupo se entreolhou sem saber o que falar.

"Ah, isso não me importa", falou Jean com descaso, "Se você quiser ver suas amiguinhas e... o que é isso aqui, uma escola? Bom, enfim, deverá fazer o que eu digo, quer fazer ou não?".

"Eu... eu faço", ela respondeu sem muita convicção. "O que devo fazer?"

"Só um ritual."

"Ritual? Que tipo de ritual?"

"Eu vou falar de uma forma que você entenda: isso aqui é... digamos uma espécie de magia negra, só outro ritual de magia negra pode reverter."

"O quê... o que você disse?", a respiração da freira começou a ficar pesada, não podia acreditar que tinha feito aquilo.

"Eu sei que isso deve ser difícil... não, na verdade, eu não tenho ideia, mas como eu já disse só você pode reverter, então... quando quiser."

"Eu, eu estou pronta", ela falou tentando se recompor e se levantando do chão.

"Acho melhor amarrarmos a menina", falou Carlos interrompendo a conversa. Eles olharam para a garota que estava fazendo menção de acordar. Carlos foi até uma das janelas e pegou as cordas que prendiam as cortinas. Enquanto ele a amarrava, a discussão continuava.

"Eu acho melhor vocês não se apegarem muito na ideia de que essa criança vai sobreviver, aqueles que foram para o lado de lá têm mais chances do que ela. Um fantasma depois que possui alguém não quer sair do seu hospedeiro por nada, e forçá-lo a sair é doloroso e leva muito tempo, não temos todo esse tempo e a forma mais rápida de fazer os fantasmas saírem é se a pessoa estiver morrendo. Nesse caso, isso não vai demorar muito visto que essa pobre está com dois fantasmas dentro dela."

"Então você vai ficar esperando ela morrer?", perguntou Carlos indignado.

"Oh, não! Eu vou acelerar o processo, assim que eles saírem, nossa amiga faz o ritual, todos voltam para onde pertencem, nós tentamos salvar a menina e depois vamos tomar uma cerveja."

"O que você quer dizer com acelerar o processo?", perguntou Noemi ignorando todo o resto.

O necromante passou a mão no queixo, "Eu poderia sufocá-la, depois tentamos reanimá-la".

"Você está completamente maluco!", gritou a freira.

"Ela não vai aguentar aqueles dois ali dentro de qualquer jeito, se esperarmos não teremos como salvá-la, se você fizer o ritual enquanto ela estiver possuída, eles vão ficar aqui."

"E você não pode tirá-los depois do ritual?", perguntou Noemi em tom suplicante.

"Eu posso, se ela ainda estiver viva." Jean se aproximou dela, "Eu vou te explicar qual é a sensação de ter um fantasma dentro de você. É como se você tivesse se transformado em um fantoche, você vê tudo, ouve tudo, mas não tem controle do seu corpo, você sente frio, os pensamentos do fantasma se misturam com os seus, suas lembranças, suas dores. Ela é uma criança com dois fantasmas vingativos dentro dela, é muito tormento para alguém aguentar por muito tempo."

A menina se mexeu novamente com um gemido, suas pálpebras se mexiam rapidamente, como quem está tendo um sonho agitado. "Não, não posso aceitar isso", disse a freira entrando novamente em pânico, seu rosto estava molhado pelas lágrimas.

"Ele está certo", disse Brianna, "É a única chance que ela tem, nós podemos reanimá-la enquanto vocês fazem o ritual. Ele sabe o que está fazendo".

Jean lhe sorriu e falou, "Temos que ir para a biblioteca, é o único lugar que não foi atingido, certo?".

"Parece que sim...", respondeu Noemi. Jean apanhou sua foice do chão e os três foram na direção da biblioteca. Carlos pegou a menina no colo e os seguiu.

Antes mesmo de entrar na capela, eles já viram os outros fantasmas, alguns os olharam com olhares curiosos, outros com olhares indiferentes. Um dos fantasmas estava bem na frente da porta da capela. "Eu não entraria ali, aqueles arruaceiros estão destruindo tudo."

"Vamos arriscar", disse Jean.

O fantasma se afastou resmungando alguma coisa e ele abriu a porta. Todos os vitrais estavam quebrados, o Jesus estava caído, as velas estavam espalhadas pelo chão e os bancos em pedaços. Os dois que estavam fazendo a bagunça riam alto e pareciam se divertir muito. "Só estão brincando, mas é melhor não chamar a atenção deles. Onde está a porta da biblioteca?", perguntou Jean.

"Ali", apontou Jamal.

Eles entraram na capela com passos apressados, mas sem correr. Não foi o suficiente, a cabeça de Jesus voou na direção do grupo e por pouco não acertou Brianna. "Não parem!", disse Jean.

Agora eles corriam e mais pedaços do Jesus foram jogados contra eles, os fantasmas riam e zombavam deles, "Quem tem medo do lobo mau, lobo mau?". Jamal chegou a parar por um momento, mas Brianna o puxou pela mão para que ele continuasse a correr. Entraram na biblioteca fechando e trancando a porta, embora isso fosse desnecessário.

"Preciso do seu sangue", disse Jean para a freira.

"O quê?!", gritou a mulher.

"É só um pouco, não complique as coisas, a menina está acordando", falou Jean em um tom de saco de cheio.

"Faça o que ele diz", disse Jamal.

O necromante se aproximou da freira e fez um corte na palma da sua mão. Noemi soltou um gemido de dor. Jean colocou a mão dentro do seu sobretudo e tirou um pequeno frasco aberto e vazio, virou a mão da freira para baixo e deixou o sangue escorrer. Quando tinha a quantidade suficiente, ele tirou um lenço do bolso e deu para ela enrolar a mão ensanguentada. Colocou dois dedos dentro do sangue e começou a desenhar algo no chão com o sangue da freira. Parecia um Z, mas não era, era a runa Eihwaz. Quando ele terminou, mandou a freira se colocar em cima do desenho.

"Ela está acordando", disse Carlos, que tinha pousado a menina no chão. A garota abriu os olhos, um deles era o olho dela, o outro estava branco e sem vida. "Segure-a, preciso de mais tempo", disse Jean. Ele tirou um maço de raiz de lótus de dentro do casaco e o acendeu com um isqueiro. A menina gritou e esperneou, Jamal, Brianna e Carlos a seguravam. Jean deixou as raízes queimando ali do lado e novamente pegou algo de dentro do casaco, era um pequeno frasco com algo que pareciam cinzas. "Enforque-a! Agora!", ele gritou enquanto rodeava a freira com as cinzas. Jamal estava pronto para obedecer, mas Carlos achou que era o seu dever. Era para ele que ela tinha ligado, ele deveria ajudá-la. "Eu faço", ele sussurrou para Jamal, enquanto se posicionava atrás da menina. Com peso no coração, ele colocou o braço em torno do seu pescoço e apertou. Jean voltou a tirar algo de dentro do casaco, era outro frasco um pouco maior, com o que pareciam ser pequenos ossos. Ele os jogou no fogo da raiz. A menina estrebuchava, suas pequenas mãos seguravam o braço de Carlos, ele olhou para Brianna, que estava na sua frente, segurando os pés da menina. Ela assentiu, precisava ser feito.

Jean deu o livro à freira aberto na página que continha o feitiço que ela lera. "Eu já tentei ler de novo, já fiz isso, não funcionou!", estava desesperada, e a menina estava morrendo, sentia seu coração querer pular para fora.

"Agora vai funcionar, mude a palavra *viventes* por *mortui sunt* e vice-versa. Vai, diga quantas vezes forem necessárias. Esquece a menina, cuidaremos dela."

A freira começou a ler, mas gaguejava e as palavras não saíam da forma correta e então os fantasmas saíram da menina que jazia morta. Carlos a deitou no chão novamente e começou desesperadamente a fazer respiração boca a boca. Os fantasmas saíram gritando de raiva. Tentaram atacar a freira fazendo os livros voarem para cima dela, mas estes não cruzavam a linha de cinzas que o necromante fizera. "Você precisa ler isso direito!", ele gritou para a freira que toda hora parava para olhar a menina que ainda não se mexia.

Carlos e Brianna tentavam reanimá-la. Jean jogou o frasco com cinzas de corvo para Jamal que o pegou no ar. Eles se colocaram na frente da freira e cada vez que os fantasmas faziam menção de se aproximar, Jean os afastava com a foice e Jamal, jogando as cinzas. "Todos vão ficar presos do lado de lá, esquece a menina!", gritou Jean novamente para Noemi.

A freira baixou o olhar para o livro tentando se concentrar e recitou as palavras com mais clareza, primeiro baixinho, depois em um crescente, até se tornar um mantra. Os gritos dos fantasmas continuavam, a sala ficou cada vez mais gelada, Jean lutava para manter o fogo aceso. Do outro lado da parede, os fantasmas se agitavam, o barulho de coisas quebrando ficava cada vez mais alto, as luzes se apagaram, assim como o fogo, e caiu um silêncio repentino.

CAPÍTULO 11

*N*oemi abriu os olhos devagar, os fantasmas tinham desaparecido. Quando seus olhos se acostumaram com a escuridão, ela correu em um rompante até Carlos. A menina estava deitada no seu colo com Brianna ao seu lado. A freira se ajoelhou perto dos dois já sem nenhuma esperança, pegou na mão da menina e sentiu seus pequenos dedos se mexerem, Noemi ficou tão aliviada que quase caiu para trás, como se um enorme peso tivesse sido tirado do seu peito. "Eles foram embora?", a garota sussurrou.

A freira explodiu em uma risada nervosa e tomou a menina em seus braços. "Acho que sim...", ela respondeu sem muita certeza olhando para Carlos, que também não sabia dizer se tinha dado certo, embora parecesse que sim. Ele e Brianna se levantaram e se encaminharam em direção à porta, junto com Jean e Jamal. Os dois ainda estavam em posição de defesa, caso o que saísse do lado de lá fosse um exército de fantasmas raivosos.

Jean abriu a porta. Nada. Não havia nada, aquela escuridão

estranha havia passado e o frio também. Os fantasmas não estavam lá, mas as pessoas também não. Continuaram andando, saíram da capela, passaram pelo corredor, entraram no grande salão e então viram a primeira pessoa, estava em um canto, era uma mulher em trajes de dormir, com certeza uma das freiras. Eles correram até ela, seu olhar estava perdido e assombrado, seus cabelos congelados, sua boca roxa e sua pele azul, como se tivesse acabado de sair de uma geleira, mas estava viva.

Noemi apareceu atrás deles com a menina. "Temos que esquentar esse lugar", disse Jean olhando para ela. Ela deixou a menina perto deles e saiu correndo para acender a lareira e a estufa.

"Onde estão os outros?", perguntou Jamal.

"Estavam todos dormindo...", falou Carlos pensando alto e então disparou escada acima com Jamal e Brianna atrás dele.

Jean olhou para a garota e falou, "Como você sente?".

"Um pouco de frio por dentro...", ela disse.

Ele tirou uma lanterna do casaco e colocou no olho da menina. "E sua cabeça?"

"Não sei... parece que está cheia de coisas que não são minhas."

"Eu sei. Você precisa esquecer essas coisas. Elas não são suas, como você disse, e eles foram embora, não importa mais. Vou te dar uma coisa para você dormir bem e vai ser mais fácil afastar esses pensamentos", ele tirou um vidro de dentro do casaco, o frasco continha cascas de árvore.

"O que é?", perguntou a menina.

"Casca de salgueiro. Não tem um gosto bom, mas você deve mastigar uma por dia até acabar. Combinado?"

A menina anuiu, abriu o pote e colocou uma casca na boca fazendo uma careta logo em seguida.

Jean a deixou ali e seguiu os outros.

Assim que Carlos abriu a primeira porta de um dos quartos, teve certeza de que estava certo. Lá estavam as crianças, a maioria ainda estava deitada em suas camas, mas algumas estavam encolhidas nos cantos, todas com a mesma aparência da mulher. "Por que algumas estão na cama e outras não?", perguntou Carlos.

"Estavam dormindo, algumas devem ter acordado e perambulado por lá sem saber onde estavam ou achando que era um sonho, se você olhar bem verá que mesmo aquelas que estão deitadas estão com os olhos abertos, elas acordaram, mas não tiveram coragem de sair da cama... ou não tiveram força", respondeu Brianna.

"Como é lá?"

"É frio como você pode ver, frio para nós, fantasmas não sentem frio", disse Jamal lhe dando um tapa nas costas.

Noemi apareceu com muitos cobertores entre os braços pedindo para eles a ajudarem. Eles cobriram primeiro as crianças, depois as freiras. "Elas vão ficar bem? Talvez seja o caso de chamar uma ambulância e levá-las ao hospital...", perguntou Noemi com a respiração ofegante.

"E o que você vai dizer a eles: eu mandei todo mundo para o outro lado e elas quase morreram congeladas?", respondeu Jamal.

A freira parecia afundar cada vez mais na culpa que sentia, só conseguiu balançar a cabeça sem saber o que dizer.

"Bom, meu trabalho aqui está feito. São quinhentos verdinhos. Não aceito cartão, nem cheque, só dinheiro", disse Jean.

"O... o quê?", balbuciou Noemi incrédula.

"Você acha que eu faço isso pela bondade do meu coração?", ele soltou uma risada sarcástica e continuou, "Eu tenho contas a pagar, sabia? Não sei o que esses três fazem ou quanto cobram, mas eu fiz o serviço e quero receber".

"Eu... claro, venham comigo", disse a freira um tanto desconcertada.

Carlos, que ainda não tinha pensado naquela parte do seu trabalho, ficou sem saber o que dizer e seguiu os outros até o quarto dela.

O quarto era bem pequeno. Havia somente uma cama de solteiro encostada na parede, uma escrivaninha e um armário de duas portas. De debaixo do colchão, ela tirou um bolinho de dinheiro enrolado em um elástico. Contou o tanto que deveria dar a eles e o separou do monte, mas não o entregou, segurou o dinheiro contra o peito e falou, "Eu posso pagar até mais, mas eu quero saber tudo". Os quatro se entreolharam. "Quero saber quem vocês são, o que são *daemons*, por que os fantasmas não me possuíram, quem eram as mulheres do meu sonho, tudo, quero saber tudo."

Um silêncio pairou na sala por uns segundos, até que Carlos disse, "Tudo bem. Vou dar o endereço do meu escritório, você pode vir e explicaremos tudo".

"O quê!?", disse Brianna indignada.

"Ela merece saber."

"Ela é uma freira! Sabe o que essas pessoas fazem com pessoas como nós?", Brianna começou a levantar a voz.

As palavras travaram na garganta de Carlos, ele não tinha pensado nisso, aliás, nem poderia, não sabia o que uma freira poderia fazer contra Brianna.

"Eu não vou fazer nada, eu prometo. Só quero entender."

"De onde você tirou esse dinheiro?", perguntou Jamal.

"Eu... eu..."

"Até onde eu sei, freiras não são pagas individualmente."

"Eu faço compras, às vezes, eu vou ao supermercado e..."

"E você fica com um pouco para você", ele completou.

"Eu... é só uma precaução."

"Ela não é uma freira normal, Brianna. E algo me diz que a sua vocação não é tão verdadeira."

"Mesmo assim...", disse Brianna, ainda sem se convencer.

"Não vou fazer nada!", interrompeu Noemi. "Não vou contar nada a ninguém, só quero entender... Você tem razão sobre a minha vocação. Temos um acordo?", ela disse passando o olhar de Brianna para Jamal e depois olhando para Carlos.

"Claro. Você tem uma caneta e um papel?", respondeu Carlos.

Noemi lhe deu o que ele pediu e enquanto ele escrevia ela entregava o dinheiro a Jean.

O necromante já ia guardando o pagamento no bolso quando Jamal o parou, "Metade é nosso, esqueceu?".

"Oh, desculpe, eu tive a impressão que vocês faziam isso por puro altruísmo."

"Muito engraçado", disse Jamal tomando o dinheiro das mãos do necromante.

Carlos entregou o papel com o seu endereço anotado, a discussão do dinheiro não lhe interessava muito. Christa havia depositado uma boa quantia para ele e naquele momento ele estava mais interessado em saber mais sobre o sonho de Noemi do que qualquer outra coisa.

"Acho melhor eu voltar e ver como elas estão", ela se encaminhou até a porta, mas antes de sair se voltou novamente para eles. "Vocês vão ficar?", perguntou quase sem voz. Queria que ficassem.

Carlos abriu a boca para falar, mas quem respondeu foi Brianna, "De jeito nenhum!".

"O que você vai dizer a elas?", perguntou Carlos.

"Isso depende do que elas vão se lembrar... talvez eu não diga nada, vou me certificar de que estão bem e..."

"E vai embora, por isso tem dinheiro guardado. Sabia que esse dia poderia chegar", disse Jamal, achava aquela freira cada vez mais divertida.

Noemi ficou sem palavras. Era exatamente aquilo.

"Você tem onde ficar?", perguntou Carlos e Brianna lhe lançou um olhar furioso.

"Não... eu não tinha tudo planejado como vocês pensam."

"Então, pode ficar dormindo no meu escritório se quiser."

"O quê!?", exclamou Brianna enfurecida.

"Ela não tem onde ficar!", afirmou Carlos, sem entender qual era o problema.

"Primeiro você quer contar segredos que não são só seus para uma maldita freira, depois quer que eu durma perto de uma?"

"Vocês podem ir para a minha casa", disse Jean com um sorriso malicioso.

Brianna lhe lançou um olhar de desdém, "Eu cansei disso", ela passou pela freira que estava parada na porta, como se a mulher fosse invisível, e foi embora.

"Qual é o problema?", perguntou Carlos a Jamal.

O lobisomem riu e colocou a mão no ombro do rapaz. "Você ainda tem muito o que aprender. Eu vou atrás dela", Jamal saiu da sala também sem prestar atenção ou se despedir da freira.

"Não se preocupe, eu posso me virar sozinha", disse Noemi a Carlos.

"Não! Passe no escritório quando quiser... daremos um jeito e eu quero muito ouvir sobre o seu sonho."

Carlos se despediu saindo do quarto. Jean entregou seu cartão a ela. "Se tiver outro problema desses, pode chamar", ele piscou para ela e foi embora, deixando-a sozinha com seu pesadelo.

CAPÍTULO 12

*E*nquanto Carlos e Jean desciam as escadas do convento, eles ouviram gemidos e palavras balbuciadas, parecia que todos estavam acordando do *transe* em que se encontravam. Eles apressaram os passos com medo de alguém os ver. Não havia sinal de Brianna ou Jamal, então Carlos supôs que os dois já deveriam ter saído.

Assim que se encontraram do lado de fora, Carlos perguntou a Jean por que Brianna estava tão nervosa, sabia que alguém que era metade demônio não poderia se dar muito bem com uma freira, mas achava que ela estava exagerando.

"Todos nós já tivemos problemas com padres e freiras, ou pelo menos nossos pais tiveram. Sabe como é, perseguições e blá-blá-blá. Hoje em dia não acontece tanto, principalmente em grandes cidades, mas ainda pode acontecer."

"Que tipo de problema ela teve?"

"Você sabe, há séculos somos caçados por esse povo, claro que em parte, talvez, nós merecemos, porque, sabe como é... às vezes... alguém morre, mas muitos de nós só queremos viver em paz, na medida do possível."

"Caçados... ela foi caçada por uma freira?", perguntou Carlos um tanto incrédulo.

"Não! A freira chamou um padre que armou uma armadilha para o pai dela."

"E o que aconteceu?"

"O pai dela morreu."

Carlos ainda não conseguia acreditar, achou que Jean estava brincando com ele, "Um padre conseguiu matar o pai dela... que era um demônio?".

"Ele tinha a arma certa. Alguns padres se autodenominam caçadores."

Carlos parou um instante para assimilar a informação. "Eu sinto muito por tudo isso, mas preciso saber desse sonho que a freira teve... Brianna vai ter que entender", ele abriu a porta do carro, mas antes que pudesse entrar Jean falou colocando a mão no ombro de Carlos.

"Eu a conheço, ela não ficará lá enquanto você estiver com essa ideia de hospedar a freira. Posso convencê-la a vir comigo", sem esperar que Carlos respondesse, Jean deu a volta no carro e entrou do lado do banco de passageiro.

O rapaz hesitou por um instante, mas queria resolver aquilo depressa e parecia que Jean não iria embora, pelo menos não por enquanto. "Eles devem estar no meio do caminho. Não é tão perto assim, não podem ter chegado lá", disse Carlos ligando o carro.

Jean soltou uma gargalhada, "Você já os viu correr?".

Carlos buscou na sua mente, não, não os tinha visto correr, "Já os vi saltar...".

"Eles já estão lá, acredite."

Carlos pisou no acelerador, "O que são *daemons?*".

"Somos nós", ele fez um pausa enquanto pegava um cigarro do

bolso e o acendia. "Todos nós, Brianna, Jamal, eu, aparentemente você também e a freira também, todos que são... diferentes." Carlos franziu a sobrancelha. *Eu também sou um deles.* Decidiu mudar de assunto, pelo menos pelo momento, "Você não corre rápido que nem eles?".

"Não. Não faz parte dos meus *superpoderes*", ele respondeu com seu sorriso enquanto deitava o banco.

"E quais são seus *superpoderes*?"

"Eu falo com os mortos, basicamente."

"E você nasceu assim...?"

"Que pergunta é essa?"

"Só quero entender se um necromante deve nascer um necromante ou se você pode estudar e virar um."

"Você pode encontrar os dois tipos. Claro que existem algumas diferenças entre quem nasce assim e quem estuda. Eu nasci assim. Mamãe era uma necromante e meu pai... você não vai querer saber."

Carlos olhou para o lado e antes de insistir, achou que talvez fosse melhor não saber mesmo, muita coisa para uma noite só.

Quando eles chegaram ao escritório, a luz da sua janela estava acesa, subiu as escadas correndo com Jean atrás dele, que andava calmamente enquanto terminava de fumar seu cigarro.

Ao abrir a porta, viu Brianna já com sua pequena mala pronta e Jamal apoiado na mesa com uma expressão de quem desistiu de argumentar. "Aonde você vai?", perguntou Carlos ofegante.

"Para a casa", ela respondeu secamente.

"Mas você mesma disse que não dá para ficar lá agora, com a reforma..."

"Eu prefiro dormir no meio das pedras e da poeira do que com uma freira do meu lado."

"Eu só quero saber mais sobre seu sonho, só isso e... parece que ela é uma de nós, certo?", Carlos olhou para Jamal implorando por seu apoio, mas este deu de ombros.

Brianna olhou bem para ele e ele viu seus olhos ficarem amarelos por um instante. "Não me interessa o que ela fez ou pode fazer, ela não é um de nós e nunca vai ser, é uma maldita freira!"

Jean apareceu atrás de Carlos, deu uma olhada no escritório e disse, "Eu esperava um pouco mais", ele se esgueirou por de trás de Carlos e deu uma volta pela sala, Jamal não conseguiu evitar uma risada abafada. "Vocês não vão dormir em meio às pedras, podem vir ficar comigo."

"Já tentei isso", disse Jamal.

Brianna abriu a boca para falar algo, mas Jean falou na frente, "Não vou estar lá. Eu fico aqui e vocês, lá".

"O quê?", perguntou Carlos, tentando se lembrar em que momento ele convidou aquele homem a se hospedar no seu escritório.

"Você não vai deixar que ela volte para casa, vai? E eu acho que posso te ajudar a dirigir esse seu negócio, sempre quis um escritório", disse Jean enquanto se sentava na poltrona de Carlos e colocava os pés em cima da mesa.

Carlos engoliu seco, por mais que não gostasse daquela invasão, talvez pelo momento fosse uma solução. Pelo menos Brianna e Jamal ainda estariam por perto. "Por mim tudo bem se você concordar", ele disse a Brianna.

Ela pensou por um momento e acabou concordando. Jean pegou a chave dentro do seu casaco e jogou para Jamal, "Fiquem à vontade". Brianna pegou a mala e saiu sem falar mais nada.

"Até mais", disse Jamal indo atrás dela.

Carlos e Jean ficaram em silêncio por um tempo até que o necromante falou, "Todo esse trabalho me deu fome, vamos pedir uma pizza?"

CAPÍTULO 13

*J*ean e Carlos tiveram muito o que conversar enquanto comiam o jantar.

Depois que terminaram de comer a pizza, que Carlos pagara, ele trancou seu novo amigo no escritório e foi para casa. Havia deixado claro que não deixaria suas chaves com ele e o rapaz não pareceu se importar. O necromante tinha dado a Carlos o que pensar, ele contou tudo o que sabia sobre fantasmas e Carlos não maneirou nas perguntas, visto que queria trabalhar com aquilo sem ter que depender da ajuda dos outros.

Quando o detetive colocou a cabeça no travesseiro, se sentia otimista. Tudo tinha dado certo e ele conseguiu uma pista das valquírias, todos os acontecimentos daquela noite rolaram na sua cabeça. Parecia inacreditável que depois de viver tudo aquilo, ele podia simplesmente deitar na cama e dormir. Não conseguia parar de imaginar o que ele seria capaz de fazer, uma vez que conseguisse acessar esse seu lado, era o que mais queria no momento, mas também precisava falar com Noemi... E se Brianna não voltasse por causa da freira? Carlos adormeceu pensando em todas essas coisas e sonhou com fantasmas que viravam lobisomens, e Brianna que matava Noemi e Jean e Jamal que riam de tudo a distância, depois sonhou com seu pai e uma mulher que no sonho ele sabia ser sua mãe, nunca a tinha visto, mas sabia que era ela. Era uma mulher de olhos castanhos, com os cabelos lisos da cor de ouro e a pela branca como porcelana, eles estavam em pé de mãos dadas olhando para ele, então mãos começaram a surgir de dentro da terra, elas procuravam pelas pernas de Carlos, se agarraram nele e o puxaram para baixo. Sua mãe esticou a mão para puxá-lo para fora e agora eles estavam sozinhos em um campo de batalha. "O que você está fazendo aqui?", ela perguntou.

Mas Carlos não sabia o que responder, não sabia o que estava fazendo ali, não sabia mais se estava sonhando de verdade, aquele sonho parecia com os sonhos que Christa lhe dava. "Christa?", ele perguntou desconfiado.

"Não! Sou Alvina, sua mãe."

Carlos ainda não sabia se acreditava ou não. "Você que está me dando esse sonho...", estava difícil se concentrar com todo aquele barulho e confusão ao lado deles.

"Não! Você veio aqui sozinho...", nesse momento algo estourou perto deles jogando Carlos para um lado e sua mãe para outro.

Carlos deu um pulo da cama e caiu no chão, estava suando e ofegante. Ficou em pé apoiando as mãos no criado-mudo. Foi até a cozinha e tomou dois copos de água. Pela fenda da persiana podia ver que o dia estava nascendo, olhou no relógio, eram cinco da manhã. Pensou em ligar para seu pai, mas logo desistiu dessa ideia. Talvez devesse ligar para Brianna, mas não sabia o telefone de onde estavam. Só restava Jean. Foi até o banheiro, lavou o rosto e percebeu que suas mãos tremiam. Tirou a roupa e entrou debaixo do chuveiro tomando um banho gelado.

Um pouco mais calmo, Carlos tentou se lembrar dos arredores do sonho, mas era tudo sem forma definida, então se concentrou para lembrar no que estava pensando antes de dormir. Achou que poderia tentar de novo, mas logo desistiu, nunca conseguiria dormir novamente no estado em que estava. Terminou de se vestir de qualquer jeito e saiu em disparada.

Sua casa ficava a dois quarteirões do escritório, em minutos ele já estava lá escancarando a porta e fazendo com que Jean caísse do sofá. Carlos ainda tinha os cabelos molhados e a camisa amarrotada para fora da calça.

Jean se levantou gritando, "O que houve? Quem morreu?". Carlos ficou imóvel tentando achar as palavras certas. Após alguns segundos, ele finalmente fechou a porta atrás de si e gaguejou palavras sem sentido. "Eu ia te perguntar se você viu um fantasma, mas estivemos com fantasmas a noite inteira, então acho que isso não te afeta mais", disse Jean esfregando os olhos.

Carlos respirou fundo e tentou se acalmar, "Eu... eu... tive um sonho...".

"Você entrou aqui desse jeito porque teve um pesadelo?", interrompeu Jean.

"Não! Não foi um pesadelo, no começo talvez tenha sido, mas depois era real, não sei como eu fiz isso... mas... eu vi minha mãe!"

"Sua mãe, a valquíria?", repetiu Jean um tanto incrédulo.

"Isso! Mas não foi ela quem me deu o sonho, ela disse que fui eu! Ela disse que EU fui até lá, mas não sei como..."

Jean se recostou no sofá, "Isso era de se esperar, não era? Você é filho de uma valquíria, portanto pode fazer o que elas fazem".

"Mas eu nunca fiz isso antes e eu não sei como fiz!"

"Agora você tem consciência do que você é e você queria acessar esse seu lado. Você conseguiu, ou está no caminho. A maioria de nós passa por algo assim, no começo, não sabemos como fazemos o que fazemos, tudo é meio incontrolável, mas com o tempo vai melhorando."

Carlos se sentou, por um momento agradeceu em pensamento por Jean estar ali. O que ele falava fazia sentido e era bom ter com quem conversar; alguém que não o ridicularizasse tanto como Jamal fazia, mas preferiria conversar com Brianna. A campainha interrompeu seus pensamentos. Jean soltou um bocejo e se espreguiçou, "Esse escritório começa a funcionar cedo demais pro meu gosto".

"Não, nunca vem ninguém aqui", disse Carlos indo para o interfone.

"Você não deveria falar isso com tanto orgulho."

"Alô?", disse Carlos no interfone.

"Aqui é Noemi... a... a freira."

Carlos e Jean se entreolharam. "Sim, pode subir...", Carlos apertou o botão que abria o portão de baixo e se virou para Jean que já estava em pé colocando seu casaco. "Aonde você vai?", perguntou Carlos sem entender.

"Tá muito cedo pra mim, vou pra casa dormir."

"Pra casa? E Brianna?"

"Ela vai superar."

"O que aconteceu entre vocês?", perguntou Carlos, tentando não soar muito interessado, mas queria ter feito essa pergunta há muito tempo.

"Nós namoramos por três anos e então eu apostei nossa casa em um jogo de pôquer e acho que ela não gostou muito porque eu meio que perdi."

Noemi apareceu atrás de Jean, assim à luz do dia ela parecia ainda menor do que na escola. "Eu já estava de saída", disse Jean a freira, ele a saudou com a cabeça e foi embora.

Noemi e Carlos se encararam em silêncio por um tempo até que ele falou, "Pode se sentar".

Ela fechou a porta e fez o que ele sugeriu. Carlos reparou que ela não usava o hábito de freira, usava uma saia longa preta e uma camisa branca abotoada até o último botão. Ele deu a volta na mesa e se sentou na sua poltrona, só então reparou nas cinzas de cigarro espalhadas em cima da sua mesa. *Jean!*, ele pensou, enquanto limpava a mesa com as mãos. "Desculpe... não estou acostumado a receber ninguém e tive um... hóspede essa noite."

"Tudo bem...", Noemi olhou em volta, "Onde estão os outros?".

"Ainda estão dormindo... acho."

"Ah, sim! É muito cedo! Eu... eu peguei minhas coisas e vim para cá assim que o sol saiu."

"Você pegou suas coisas", repetiu Carlos se lembrando de que teria que hospedar mais uma pessoa, talvez ele devesse ter aberto um hotel para esquisitos em vez de um escritório de detetive.

"Você disse que eu poderia ficar com você..."

"Claro!", exclamou Carlos, enquanto pensava se teria como esconder a freira de Brianna. "Daremos um jeito. Agora eu realmente preciso saber do sonho que você teve."

A freira contou a ele tudo o que contara a Jamal, "Eu descobri o que são *daemons*, passei a noite lendo", ela concluiu como quem diz que essa parte não precisa ser explicada.

Carlos ignorou, estava mais interessado no sonho do que no que ela sabia ou não, "Mas ela não disse mais nada, só convocar sete *daemons*? Você não se lembra de nenhum outro detalhe?".

"Não, é como eu disse, alguma coisa aconteceu."

Desiludido, Carlos se recostou na cadeira, aquilo não servia para muita coisa. Esperava mais, talvez tenha alimentado esperança demais. Ele conhecia três *daemons*, ele era um *daemon* e a mulher na sua frente também. Cinco. Mas o que fazer? O barulho de Noemi se mexendo na cadeira fez com que ele se lembrasse que ela ainda estava ali e então sua curiosidade bateu, "O que você falou para as freiras quando elas voltaram em si? Ficaram todos bem?".

"Eu...", o rosto de Noemi corou de vergonha. "Eu não disse nada... depois que vocês foram embora eu... elas estavam acordando, todas gemiam de dor e de frio, não sabia o que fazer ou falar, então... ", a freira mordeu os lábios. "Eu chamei uma ambulância e os bombeiros, enquanto eles não chegavam, arrumei minhas coisas, peguei um livro que me ajudasse a lembrar o que são *daemons* e quando eles chegaram... Eu não me orgulho, mas não sabia o que fazer e não queria correr o risco de alguém estar realmente mal e precisando de cuidados médicos!"

"O que você fez?"

"Eu... fui embora quando vi que a ambulância tinha chegado. Não sabia o que dizer!", ela enfatizou mais uma vez. "A menina jurou não dizer nada, mas e se ela resolvesse falar... não podia ficar ali!"

"Você não acha que desaparecer desse jeito vai fazer com que todos pensem que você teve algo a ver com a coisa toda?", Carlos percebeu lágrimas se juntarem nos olhos da moça e resolveu mudar de assunto. "Então você ficou na rua a noite inteira?"

"Eu entrei em uma lanchonete 24h e fiquei por ali", ela apertou os olhos e algumas lágrimas escorreram. "Tudo o que eu sempre quis foi ser normal. Desde criança eu tenho esses sonhos... às vezes até quando estou acordada e depois eles se realizam. Minha família sempre foi muito religiosa e eu nunca contei para ninguém, pois sabia o que eles iam fazer comigo, iam chamar um padre para me exorcizar. Então um dia eu tive um sonho... eu estava em uma capela e estava em paz e havia crianças também, quando acordei decidi que seguiria esse caminho, eu disse a minha família que ia virar freira, eles ficaram felizes e tudo ficou bem, mas eu sabia que era melhor me certificar que eu não iria ficar sem nada caso os sonhos voltassem e alguém descobrisse, eu teria que ir embora, e foi o que aconteceu."

Era difícil para Carlos pensar em Noemi como alguém que não fosse absolutamente normal, mas era a verdade, Jamal tinha razão. A vocação da freira era uma mentira, ela só estava se escondendo. Precisava mantê-la por perto, faltavam só dois *daemons* para ter sete. Se ele conseguisse falar com sua mãe de novo, dessa vez saberia o que dizer. "Sabe de uma coisa, aqui não é um bom lugar pra você ficar, pode ficar na minha casa", a freira não pareceu muito confortável com essa ideia, então ele continuou, "É mais confortável do que aqui e...".

"E você já tem um hóspede... eu não quero incomodar, tenho dinheiro, acho que é melhor eu ir... não sei, sair da cidade, procurar algo que eu possa fazer..."

Carlos nunca tinha visto alguém que parecia tão perdido. "Você pode ficar aqui até decidir o que quer fazer, eu não vou cobrar nada. Assim economiza seu dinheiro."

"Mas estaremos na mesma casa... seria um pouco estranho e... não me leve a mal, mas não te conheço."

Carlos pensou rápido. "Eu posso dormir aqui, sem problemas." Noemi pareceu surpresa e franziu as sobrancelhas um tanto desconfiada. "Só quero ajudar...", disse Carlos tentando não parecer tão ávido por ter a mulher na sua casa.

"Acho que uma cama não me faria mal, estou exausta. Depois de tudo o que houve, não preguei os olhos..."

"Eu te levo, é bem perto daqui."

Ele se levantou e pegou a maleta que a freira trazia consigo, mas antes de saírem, ela perguntou, "Seus amigos... e você... vocês são como eu?".

Carlos procurou na sua mente uma resposta que não a assustasse, mas estava difícil encontrá-la e o silêncio que foi se instalando parecia piorar a situação. "Somos, eu sou... eu também sou novo nisso, não fazemos o que você faz. Premonições, é isso que você faz, certo?"

"Acho que sim...", ela respondeu com vergonha.

"Eu... eu não faço isso e... bom, Jean você viu, ele sabe sobre fantasmas e... os outros são...", Carlos engoliu seco.

"O que eles são?"

"Eles correm muito rápido...", Carlos percebeu como tinha dito uma grande bobagem assim que as palavras saíram da sua boca, mas não podia dizer a verdade, pois ela poderia ficar com medo e ir embora.

"Correm rápido? É isso?"

"E saltam bem alto também...", ele disse tentando sorrir, mas sabia pela expressão da freira que não a estava enganando, então voltou a ficar sério. "Eles são confiáveis, com um temperamento difícil, mas confiáveis."

"Então por que não posso saber o que são? A moça parecia não gostar de mim e eu não me lembro de ter feito algo a ela", disse a freira se referindo à Brianna.

Carlos respirou fundo, "Você disse que pesquisou e sabe o que são *daemons*, certo?".

"Sim, são seres do inferno."

Carlos arregalou os olhos, não era isso que esperava. "O quê!? Não! Não é isso, bom eu posso entender porque os padres, ou seja lá quem escreveu aqueles livros disse isso, mas não é isso, *daemons* são só... diferentes, como você."

"Como eu?!"

"Você mesma disse, lembra? O que eles fariam com você se soubessem... quem escreveu esses livros via pessoas como você e... como eu, como sendo algo ruim, mas não somos... certo?"

"A... a... acho que sim."

"Brianna e Jamal, são assim, como nós."

"Eu acho melhor ficar longe de tudo isso..."

Carlos entendeu que, apesar de tudo, Noemi se agarrava à fé e aos ensinamentos que obteve para se manter sã. "Tudo bem, como quiser, mas eles poderiam te ajudar...", Carlos sabia que isso podia ser uma mentira, mas precisava tentar.

"Ajudar? Como?"

"Como eu disse, eu sou novo nisso, mas eles não, eles podem saber como te ajudar a controlar, a não acontecer quando você não quer. Não seria bom?"

Noemi pareceu intrigada com a oferta. "Mas ela não gosta de mim..."

"Mas Jamal e Jean não teriam objeção, tenho certeza", ele interrompeu antes que ela se lembrasse novamente de perguntar o porquê de Brianna não gostar dela.

A freira parou para pensar um pouco e acabou concordando. Carlos tentou conter seu alívio e a acompanhou até sua casa.

O apartamento de Carlos era um cômodo que consistia na sala, que também era o quarto, pois ele dormia no sofá-cama, e a cozinha. Para Noemi, o tamanho não era um problema, pois o quarto em que dormia no convento era bem menor do que aquilo, porém, a bagunça e a sujeira lhe reviravam o estômago. Dentro da pia havia uma pilha de pratos e copos sujos que pela aparência deveriam estar ali há um bom tempo. Em cima do sofá-cama ainda aberto havia o cobertor, lençol e roupas sujas tudo amontoado como uma montanha de tecido. Os muitos livros que Carlos estava lendo estavam espalhados em todos os móveis, assim como no chão. Vendo a expressão desgostosa na cara da freira, Carlos falou prontamente, "Eu sei que precisa de uma arrumação e...".

"E uma vassoura", ela completou.

Carlos coçou a nuca como quem não sabe o que dizer, ele não se envergonhava da sua casa, afinal, era sua e ele fazia o que bem entendia, mas conhecia o bastante de mulher para saber que sua casa não era um lugar onde elas se sentiam bem. Precisava fazer com que Noemi ficasse, e pela sua expressão, ela estava prestes a falar que ia embora. "Eu posso chamar alguém hoje mesmo para vir aqui e dar um jeito em tudo isso. Antes eu estava bem mal de dinheiro, mas agora posso pagar alguém. Vai ficar tudo arrumado e você pode ficar quanto tempo você quiser."

"Por que você quer tanto que eu fique aqui?", perguntou a freira percebendo uma certa estranheza naquele gesto.

"Eu...", pensou rápido, "Só acho que pessoas como nós temos que nos ajudar e ficar unidos".

Noemi levantou as sobrancelhas de um modo que parecia ter aceitado aquela explicação. Carlos começou a procurar por um jornal para ver se achava um anúncio de diarista. Assim que encontrou o que procurava, pegou o celular e ligou.

Enquanto Carlos falava ao telefone, Noemi andava pela casa com medo de tocar em alguma coisa. Ela foi até a janela e abriu a persiana com cuidado. A luz do sol colocou a sujeira em mais evidência. "Pronto! Ela está vindo", disse Carlos ao desligar o telefone.

"Assim tão rápido?"

"Eu disse que era meio urgente. Agora eu preciso ligar para Jean", ele se afastou um pouco dela, mas em uma casa tão pequena não tinha modo de falar com mais privacidade. "Jean, você está com Jamal e Brianna?"

"Eu acho que você precisa aprender os benefícios de uma boa noite de sono", disse Jean do outro lado com a voz rouca de quem acabou de acordar.

Carlos ignorou, "Vejo vocês no escritório, eu preciso falar com vocês".

"Você é sempre assim tão afobado ou só quando sonha com sua mãe?"

Carlos soltou um suspiro irritado e Jean perguntou, "Onde está a freira?".

"Na minha casa."

O necromante soltou uma risada maliciosa, "Eu não faria isso se fosse você, ela é uma freira, só vai trazer confusão, acredite, eu sei o que estou dizendo".

"Eu não... até daqui a pouco." Assim que ele desligou o celular, juntou algumas roupas enquanto falava com Noemi, "Então, eu vou deixar o dinheiro para você pagar a moça e qualquer coisa é só me ligar".

"Aonde você vai?"

"Trabalhar..."

"Você tem um caso... talvez eu possa ajudar...", vendo o olhar de incredulidade de Carlos, ela continuou, "O que eu vou ficar fazendo aqui? No convento, eu estava sempre ocupada... não sei ficar sem fazer nada".

"Na verdade, não tenho um caso, mas eu preciso conversar com os outros sobre... o seu sonho, o sonho que não foi sonho, enfim, eu acho que é importante."

"Então, eu deveria ir também." Carlos hesitou por tempo suficiente para que a freira percebesse qual era o problema, "Sua amiga não me quer lá...".

"Bem... não é isso..."

"O que eu fiz para ela?"

Carlos mordeu os lábios para contar por que Brianna não queria estar no mesmo cômodo que a freira ele teria que contar que Brianna era um demônio e ele tinha uma forte sensação que Noemi não estaria bem com isso. Ele respirou fundo e falou, "Olha, eu preciso que você fique aqui porque agora chamei a moça para limpar a casa e alguém precisa abrir a porta. Eu prometo que assim que eu conversar com eles, eu volto e explico tudo, aliás, vou falar com eles sobre te ajudar, lembra que conversamos?".

Noemi fez uma expressão de resignação, era o suficiente, Carlos se despediu e foi embora.

CAPÍTULO 14

*A*ssim que Carlos abriu a porta do seu escritório, lá estavam os três. Jean sentado na sua poltrona com os pés em cima da mesa, Brianna encostada na parede ao lado da janela com os braços cruzados e cara de poucos amigos e Jamal deitado no sofá quase cochilando.

"Brianna, eu sei que é complicado, mas me escuta", ele falou assim que a viu. E ela escutou, ele contou o sonho da freira, o mesmo que Jamal já tinha contado, no final não havia muita diferença entre um relato e outro, mas dessa vez Carlos acrescentou o sonho que ele tinha tido aquela noite e aproveitou para falar o que ele estava pensando em fazer. "Se vocês me ajudarem, eu posso voltar lá, pedir para ela me dizer o que devemos fazer e podemos consertar tudo isso! Mas uma coisa eu sei, ela disse que precisaremos de sete *daemons*, Noemi é um *daemon*, preciso que ela fique por perto, assim já somos cinco", ela olhou para ele com o canto do olho. "Eu sinto pelo o que houve com você e seu pai, mas não foi ela quem o matou."

Um silêncio se instalou por um breve período, até que Brianna falou, "Não, não foi ela. Se tivesse sido, ela não estaria viva. Então vamos ser práticos, ela não sabe o que você quer com ela, sabe? Ela não sabe quem somos de verdade e nem pode saber, não é?", Carlos encarou Brianna com certo espanto e ela continuou, "Pois quando ela souber o que será que ela vai fazer? Fugir ou quem sabe ligar para algum dos padres caçadores e mandá-lo direto para cá!", quando ela terminou de falar seus olhos mudaram de cor. Carlos já a conhecia bem para saber que quando isso acontecia era porque ela estava muito nervosa.

"Ela não vai fazer isso..."

"Por quê? Porque ela é uma freira boazinha? Assim que ela souber, ela nem vai se lembrar de que nós salvamos a sua maldita vida e a vida das suas coleguinhas, a única coisa que ela vai ver é que somos monstros e devemos morrer, sem se importar que a única coisa que queremos é viver em paz", dessa vez seus olhos ficaram de um amarelo vivo e não voltaram ao normal.

Carlos ponderou por um momento. "Não vou deixar que ela faça isso."

"E o que você vai fazer para impedir?", perguntou Brianna em um tom sarcástico.

Novamente, ele parou para pensar, "Eu... eu não sei...".

"É claro que não sabe."

"Essa discussão é fascinante, mas se você não se lembra...", disse Jean a Carlos, "Nós temos outros amigos, podemos arrumar outros como nós para você. Não precisa segurar a freira aqui".

"Você acha que eu não pensei nisso? O problema é que não sei o que teremos que fazer. Quantos amigos vocês têm que estarão dispostos a fazer seja lá o que deveremos fazer?"

Jean apertou os olhos. "Tem razão. E agora que você me fez pensar, eu também não sei se quero fazer parte disso."

Carlos suspirou e eles ficaram em silêncio até que o detetive se pronunciou. "Eu não preciso dizer a ela o que vocês são. Vocês são como ela e pronto. É só isso que ela precisa saber. Eu disse que... disse que vocês poderiam ajudá-la a entender melhor o que acontece com ela e como ter mais controle. Se um de vocês fizer isso, tenho certeza de que ela não vai perguntar mais nada e nos dará tempo para descobrir o que temos que fazer."

Brianna não se pronunciou, o que Carlos viu como uma vitória, só pelo fato dela não ter se oposto. Depois de um breve tempo, Jamal falou, "Eu posso ir falar com ela". Carlos olhou para ele boquiaberto, no fundo esperava que Jean fizesse isso, ainda não tinha certeza sobre os hábitos alimentares do lobo e com todas as piadas ficava difícil ter certeza de que ele não comia pessoas de vez em quando. "O que foi? Acha que eu vou almoçar a freira?", ele falou como se tivesse lido seus pensamentos, mas não esperou por uma resposta. "Sou tudo o que você tem, se você quer ajuda com seus sonhos Jean pode fazer mais por você do que eu, e Brianna não vai chegar perto da mulher, é pegar ou largar." Carlos franziu as sobrancelhas, mas acabou lhe entregando as chaves do seu apartamento.

"Se precisarem de ajuda chamem a Lydia, ela vai saber o que fazer", disse Jamal saindo em seguida e assim que fechou a porta, Carlos se voltou para os dois. "Quem é Lydia?"

"Uma amiga de Jamal que tem uma loja cheia de coisas interessantes, mas não precisamos dela. Então... pronto para uma experiência?", disse Jean em um tom malicioso.

"Experiência?", repetiu Carlos, sem gostar muito do que ouviu. "Talvez podemos chamar essa Lydia."

"A mulher cobra caro e eu vou fazer só pelo prazer de descobrir algo novo. Vou juntar tudo o que sei sobre ter sonhos reveladores e vamos ver o que acontece." Vendo o olhar de desconfiança do detetive, ele continuou, "Tranquilo, você só vai tomar alguma coisa para dormir e... quem sabe sonhar com a *maman* de novo".

"O que eu vou tomar?", perguntou Carlos.

"Você quer nossa ajuda ou não?", perguntou Brianna.

Os dois o encararam durante um breve período até que ele disse, "Tudo bem, seja o que Deus quiser".

"Lamento informar, mas Deus não está aqui", disse Jean com seu sorriso macabro do rosto.

CAPÍTULO 15

*C*arlos deitou no sofá do seu escritório. Jean preparava alguma coisa em cima da sua mesa, algo que Carlos sabia que teria que beber, então preferia não olhar para não ver o que ele estava colocando ali dentro, de vez em quando, seu olho escapava e ele dava uma olhadela, mas logo se arrependia.

Brianna estava do lado do necromante ajudando, Carlos se perguntou quantos frascos Jean poderia ter dentro do sobretudo, como estava muito tenso, resolveu perguntar para aliviar a ansiedade. O necromante não respondeu, pelo menos não com palavras. Ele se levantou e abriu o casaco, revelando bolsos de todos os tamanhos, em cada quadrado de tecido havia alguma coisa. Jean voltou a se sentar e continuou com seu trabalho, era a segunda vez que Carlos via o homem com uma expressão séria. A primeira foi quando Noemi estava enviando os fantasmas de volta e agora ali preparando aquela coisa, talvez isso fosse bom, pensou Carlos tentando afastar os maus pensamentos, talvez ele só estivesse concentrado. Não havia dúvida que ele era bom no que fazia, essa constatação fez Carlos se acalmar um pouco, mas só um pouco.

"Você não está relaxando", disse Brianna.

"Um pouco difícil relaxar quando eu não sei o que vocês vão me dar para beber."

"Se você quiser saber eu te conto, mas aviso que você não vai gostar e provavelmente não vai querer beber."

"Assim você não ajuda", disse Jean, "Por que não diz que é chocolate quente e pronto".

"Porque ele não é idiota."

"Você quer fazer isso ou não?", Jean perguntou a Carlos pela terceira vez, pois era a terceira vez que eles tinham aquela discussão.

Carlos se sentou no sofá. "Eu quero... mas eu preciso saber o que tem aí dentro e por que, quero dizer, o que essas coisas fazem?"

"Tudo bem, você quer saber, então lá vai: temos mandrágora, tinta de rosa violeta, asa de mariposa, cinza de corvo e unha de cadáver."

Carlos sentiu o vômito subir pela sua garganta, mas se conteve. "Por... por... por quê? Um chá de camomila não serve?", já tinha se arrependido de ter perguntado.

Brianna e Jean se entreolharam. "Até que uma camomila pode ajudar, você nunca vai dormir nesse estado de nervos", disse Jean, suficientemente sério para Carlos acreditar no que ele estava dizendo.

"Isso parece mais uma poção de conto de fadas, só falta vocês colocarem uma asa de morcego e... perna de rã ou sei lá o quê e depois enfiar tudo dentro de uma maçã para que eu durma como a Branca de Neve", nesse ponto, Carlos já se levantou e começou a caminhar de um lado para o outro.

"Na verdade, ela não colocou dentro da maçã, ela afundou

a maçã dentro da poção... é diferente", disse Jean calmamente, sem parar de amassar a asa de mariposa.

"Você não vai querer esse tipo de poção da Branca de Neve, você não é tão bonito quanto ela, com certeza iriam te enterrar vivo e ninguém te beijaria para você acordar", falou Brianna. Carlos não conseguiu rir, ficou ali com a boca aberta sem saber o que dizer. Brianna sorriu e continuou, "Já expliquei, nós nunca fizemos isso antes, tudo o que tem aqui são ingredientes que foram feitos para fazer alguém dormir ou para fazer com que alguém entre em contato com outros planos. Eu sei que alguns ingredientes são nojentos, mas nada aqui pode te fazer mal. Se você souber outra forma podemos ouvir".

Carlos respirou fundo três vezes antes de voltar a falar, "Não, não sei outra forma. Mas isso é uma experiência... EXPERIÊNCIA! E se eu nunca mais acordar? E se eu virar um sapo? E se... não sei!".

"Você não vai virar um sapo, isso eu garanto", disse Jean, colocando um pingo de tinta de rosa violeta em cima da asa de mariposa.

"Você acha isso engraçado?", gritou Carlos.

"É um pouco engraçado...", disse Jean com um sorriso.

"Não!", falou Brianna, "Ninguém acha engraçado, nós vamos estar aqui... Você tem razão, pode acontecer qualquer coisa, mas nada tão drástico. Nós não temos nada a ganhar com isso, então se você não quiser tomar, não vamos te obrigar. É com você".

Jean colocou uma pitada de cinza de corvo na poção. "Está pronta! O que vai ser?"

Carlos pensou por uns minutos, mas na sua cabeça não tinha outra escolha, só se deixasse tudo aquilo para trás... Não, precisava saber o que fazer e só iria conseguir se fosse até sua mãe. "Vamos lá", ele disse ainda sem muita convicção. Foi até o sofá e se deitou. Brianna se ajoelhou perto dele com uma ametista e uma folha de manjericão na mão. "Para que serve o manjericão, você acha que eu corro o risco de virar uma pizza?", disse Carlos com uma risada nervosa.

"Não, em algumas culturas eles usam o manjericão para se certificarem que o morto passará para o outro lado em segurança.

Acho que pode te proteger."

"Morto?", repetiu Carlos com os olhos esbugalhados.

"Você não vai estar morto, mas vai para o outro lado, certo? Só estou tentando fazer com que fique em segurança."

"E a ametista?"

"As bruxas usam a ametista quando querem ter um sonho profético", enquanto dizia isso, ela ajeitou a ametista debaixo da almofada em que Carlos apoiava a cabeça.

"Como você sabe tudo isso?"

"Meu pai tinha muitos amigos... de todos os tipos."

"Como você."

Ela sorriu e se levantou.

"Pronto?", perguntou Jean com um pequeno frasco em mãos, o frasco parecia ter sido limpo no século passado e o líquido dentro era violeta.

Carlos pegou o vidro. "Tenho que beber tudo?"

"Acho melhor beber só a metade", disse Brianna em um tom preocupado.

Carlos levou o frasco ao nariz, o cheiro era uma mistura de cinzas com flor, fechou os olhos e bebeu, o gosto era bem pior do que o cheiro e Carlos teve que se esforçar para não vomitar. Ele abriu os olhos e estendeu a mão para entregar o frasco a Jean fazendo uma careta.

"Pense na sua mãe, não pense em mais nada", disse Brianna.

Ele se ajeitou no sofá, mas não conseguiu fechar os olhos. "Se vir Christa diz que mandei um oi", falou Brianna tentando fazer com que ele se acalmasse.

Segundos depois, ele sentiu a boca anestesiada. Tentou falar, mas tudo o que saía eram sons sem sentido, como um adulto que desaprendeu a falar e está desesperado por isso. Em seguida, ele sentiu os dedos das mãos e os pés formigarem, sua boca secou, mas não conseguia pedir por água, em seguida, começou a ter espasmos musculares e foi a última coisa que ele lembrou.

Brianna e Jean se entreolharam, mas Jean fez sinal para que ela esperasse. A convulsão durou por longos minutos até que ele adormeceu como por encanto. Brianna checou seu pulso, estava vivo.

Carlos não sentia mais nada, mas tinha a impressão de que ainda estava acordado, tentava falar com Brianna e Jean, mas eles não respondiam, aliás, nem olhavam para ele. Estavam os dois em pé olhando para baixo, só então ele percebeu que eles estavam olhando para ele mesmo deitado no sofá. Carlos teve a impressão de que estava morto. Um pânico o invadiu, mas então ele percebeu que Brianna lhe media o pulso e se acalmou. Precisava se concentrar, pensar em sua mãe. Fechou os olhos tentando afastar todos os outros pensamentos. Após alguns momentos, ele ouviu gritos a distância. Abriu os olhos. Tinha conseguido! Estava lá novamente, perto da batalha, se lembrava dos arredores. Parecia que estava em um deserto em meio à ruinas. Dessa vez, não tinha aparecido bem no meio da batalha, não via ninguém, só escutava os sons. Foi seguindo o barulho até ver dois vultos ao longe, se aproximou esperançoso, mas ao improviso parou. Viu quem menos queria ver. Christa e ao seu lado Susan.

Não sabia o que fazer, não tinha onde se esconder e nem como se defender. Elas não o tinham visto, podia se afastar lentamente e assim o fez. Foi dando passos cautelosos para trás. Quando achou que estava longe o suficiente, fechou os olhos novamente e pensou em sua mãe. Minutos depois sentiu uma rajada de vento passar pelo seu rosto. Abriu os olhos e caiu para trás. Susan estava na sua frente. Havia uma lança em suas mãos e ela tentava atingi-lo com fúria, mas algo a impedia. Tudo o que Carlos sentia era o deslocamento do ar que a lança provocava. Pela expressão no rosto da moça, isso a pegou de surpresa, parecia furiosa e gritava de raiva.

Então Carlos se lembrou: o manjericão, só podia ser. Não podia acreditar que tinha realmente funcionado. Agradeceu Brianna em pensamento e se levantou. Susan ainda tentava atingi-lo, mas ele não se importou, não tinha tempo para aquilo, correu para longe dela, sem querer arriscar a sorte.

Todo o espaço parecia ser de sonho, nada tinha foco definido e os vultos de pessoas que ele via apareciam e desapareciam à vontade. Até quando corria, não corria de verdade. Pensava em correr, mas na verdade só aparecia em outro lugar. Então se viu mais próximo de onde a batalha realmente acontecia, ficou ali parado, até que uma mão o puxou com força para trás de uma estatua quebrada que jazia na areia. "O que você está fazendo aqui de novo?"

Aos poucos Carlos colocou o rosto da mulher em foco, era ela, sua mãe. "Por causa do sonho que vocês deram à freira. Falaram de um ritual com sete *daemons*, preciso saber o que é isso. Posso ajudar... quero ajudar."

"Eu não sei nada sobre uma freira, sei que uma de nós estava atrás de alguém que possuísse um ritual, mas a valquíria morreu no meio da mensagem... O ritual é que um *daemon* precisa fazer o ritual Sakrifikatu Munstroak. Isso vai fechar as pontes do Vahalla com o seu mundo. Assim, seja lá o que acontecer aqui, não afetará o seu mundo."

"E como se faz..."

Ela não esperou que ele terminasse de falar. "Esse é o problema, não sabemos, por isso ela estava a procura do ritual. A mulher que a outra valquíria procurou... ela deve ter um livro, pelo menos deveria ter, um livro que explica como o ritual deve ser feito. Converse com ela. Você precisa ir. Boa sorte!"

Carlos abriu os olhos e lá estavam três vultos olhando para ele. Sua visão estava embaçada e sentia sua cabeça pulsar de dor. Tinha a impressão de que não bebia água há dias e sentia tanta fome que poderia até comer uma das pombas que pousavam na sua janela, mas ao mesmo tempo sentia vontade de vomitar. Ouviu algumas vozes, não sabia o que diziam, só sabia que o incomodavam. Levou as mãos à cabeça como se pudesse arrancar a dor com as próprias mãos. Sentiu alguém levantar sua cabeça e outra pessoa o obrigou a tomar água, mas não era só água, havia alguma coisa ali, um gosto diferente que ele não identificou.

As luzes se apagaram, ficou tudo escuro e todas as vozes e os vultos sumiram.

CAPÍTULO 16

*A*inda sonolento, Carlos se sentou no sofá. Estava sozinho e a sala estava escura. Ouviu vozes que vinham da sala de espera. Abriu a porta e encontrou Brianna, Jean e Jamal jogando pôquer nas escadas. Os três olharam para ele. "Melhor?", perguntou Brianna se levantando.

Os olhos de Carlos ainda doíam com a claridade, mas sua cabeça tinha melhorado. "Estou faminto", foi a única coisa que saiu da sua boca.

"Vou comprar alguma coisa", disse Jean se levantando e descendo as escadas. Enquanto isso, Jamal recolhia as cartas e eles voltaram para o escritório. Carlos sentou no sofá tentando se lembrar do seu *sonho*, Brianna abriu as cortinas, já estava de noite e uma tempestade com trovões caía lá fora. O detetive tinha os olhos vidrados no chão. Jamal e Brianna trocaram olhares, mas ficaram quietos. Aos poucos, a memória do rapaz foi voltando e ele juntou as peças do sonho. Então se lembrou da coisa mais importante: Sakrifikatu Munstroak, era esse o nome do ritual que ele precisava fazer, precisava de sete *daemons* e Noemi podia saber onde encontrar a explicação desse ritual. Olhou para cima e viu Jamal, então se lembrou de que Jamal deveria estar com ela. "O que você está fazendo aqui?", sua voz saiu seca e rouca.

"Eu...", Jamal começou a falar, mas Brianna interrompeu. "Ele ficou lá tempo suficiente."

"O que isso quer dizer?", perguntou Carlos, preocupado.

"Quer dizer que... a conversa foi boa."

Carlos notou que Brianna se esforçava para não rir e Jamal parecia estar se divertindo. "O que aconteceu?", ele perguntou com mais ênfase.

"Ele pegou sua freira", falou Jean enquanto entrava na sala com sacos de fast-food nas mãos.

"O quê!?", gritou Carlos se levantando, mas sua ação não foi muito intimidadora visto que ficou tonto e caiu novamente no sofá. Jamal deu de ombros. "Você... você... como assim pegou?", só então Carlos percebeu que aquilo podia significar que Jamal jantara a moça como ele temia.

"Você sabe como os bebês são feitos, não é?", perguntou Jamal com um sorriso malicioso.

Carlos não achou graça. "Por favor, me diz que ela também queria", disse o detetive em tom de súplica e já se sentindo enjoado.

"Ei! É claro que ela queria! O que você acha que eu sou?", gritou Jamal ofendido com a insinuação.

Carlos levantou a sobrancelha como quem não precisa dizer o óbvio, depois olhou para Brianna. Ela não parecia estar chateada com aquilo. "Você também acha isso engraçado? Achei que ficaria ofendida ou... sei lá."

"Carlos, Jamal não pode ver uma sombra de mulher que vai atrás... ou melhor, as mulheres vão atrás dele, não me pergunte o porquê. E eles não estão apaixonados e a ponto de se casar se é isso que você está pensando. Aliás, eu acho até bom. Assim a freira inocente começa a mostrar quem realmente é", enquanto falava tirava os sanduíches dos sacos e os distribuía entre eles. "Vamos ao que interessa. Conseguiu alguma coisa fora a dor de cabeça?"

Ele pensou por um momento e então se lembrou de Christa e Susan, a memória voltava em pedaços. Olhou em volta no sofá e viu a folha de manjericão toda amassada. "Não sei o que teria acontecido se não fosse a sua folha... pelo menos eu acho que foi isso que me protegeu."

"O que houve?", perguntou Brianna.

"Eu vi Christa... e Susan. Ela me atacou, mas por mais que tentasse, não conseguia me atingir." Brianna parecia impressionada, nem ela acreditava que a folha poderia funcionar tão bem. "Eu consegui ver minha mãe de novo", Carlos falava entre uma mordida e outra, mas acabou desistindo de falar e terminou o sanduíche em poucas bocadas, mas ainda sentia fome. Resolveu contar logo tudo para ir comprar mais comida. "O nome do ritual que temos que fazer é Sakrificatu...", Carlos parou no meio da frase, olhou em torno e só agora entendeu. Munstroak. Monstros. Sete *daemons*. Os *daemons* eram os monstros. Os sete seriam sacrificados. Ele ficou ali com a boca aberta sem saber como continuar, mas lá estavam os três olhando para ele com curiosidade. "Só agora que entendi..."

"Quem vai ser sacrificado?", perguntou Jamal já desconfiado.

"Chama Sakrificatu Munstroak. É um ritual para fechar as pontes entre eles e nós."

"Só agora você descobriu que os monstros somos nós?", perguntou Jean se levantando em seguida. "Eu tô fora!", o necromante já caminhava em direção à porta quando Carlos se colocou na frente dele.

"Calma, não são vocês. Eu não faria isso com vocês!"

Jamal soltou uma risada sarcástica. "Nem se você quisesse você faria algo conosco. Agora sai da frente que eu também não quero fazer parte disso. Chega de brincar de herói."

"Calma!", disse Carlos novamente colocando as mãos para frente, agora estavam Jean e Jamal parados com cara de poucos amigos. Brianna continuava na mesma posição, encostada na mesa, mas seu rosto era claro, não gostava daquilo nem um pouco. "Vamos pensar aqui por um momento. Com certeza existem outros como vocês..."

"Como nós!", disse Brianna. "Você não é tão diferente de nós como pensa."

"Eu sei. O que eu quero dizer é que devem haver outros que não são tão... prestativos como vocês... com certeza há alguns, talvez a maioria, que fazem maldades."

"Prestativos?", repetiu Jean.

"Você quer dizer, *daemons* que merecem morrer", disse Jamal.

"Não, eu não disse isso, mas..."

"Você quer nossa ajuda para caçar nossa própria raça?", perguntou Brianna. Carlos procurou as palavras na sua mente, mas não encontrou nada. Sim, era isso que pedia e sabia que não estava sendo justo, depois de toda a ajuda que eles lhe deram. "Você sabe o que acontece quando um *daemon* resolve caçar outros *daemons* e é descoberto?", Brianna perguntou.

"Não... eu..."

"Claro que você não sabe!", ela continuou, "Então vou te contar uma história que não está nos seus livros. Era uma vez um feiticeiro que saiu caçando *daemons* por aí para fazer um ritual ou poção ou sei lá o quê. Quando o encontraram, o torturaram por três meses sem deixá-lo morrer e depois apagaram a memória dele. Agora ele é um mendigo que vive pelas ruas sem ter ideia de quem realmente é ou o que aconteceu com ele. Não me importa o que Christa quer fazer ou vai fazer... tenho certeza que *nós* podemos chegar a um acordo. Vivemos muito bem na mesma cidade até você aparecer e se você não se lembra, amigos meus já morreram por você".

"Eu achei que vocês me ajudaram porque também tinham medo de Christa, nunca pedi para vocês se envolverem", Carlos sabia como aquilo podia soar ingrato, mas era a verdade.

"É claro que temos medo daquela mulher, ela é uma psicopata com poderes telepáticos! Mas sabe de uma coisa, você não está se saindo muito melhor e tem razão. Nunca pediu nossa ajuda. Eu quis te ajudar porque achei que era a coisa certa a se fazer e olha o que aconteceu, agora você quer matar sete amigos meus."

"Não vou matar seus amigos!", agora os dois estavam gritando.

"Não! Só aqueles que você, com toda a sua sabedoria, acha que merecem morrer. Vamos embora", respondeu Brianna.

Jamal empurrou Carlos para o lado e os três foram embora. O detetive ainda ficou um tempo parado na porta, esperando inutilmente que eles voltassem, mas sabia que daquela vez isso não aconteceria. Se quisesse continuar com aquilo, teria que ser sozinho.

CAPÍTULO 17

*C*arlos abriu a porta do seu apartamento como quem abre a porta de um mausoléu. Estava consternado e ao mesmo tempo irritado com tudo aquilo.

Assim que colocou os pés dentro de casa, ouviu um pequeno grito da freira. Olhou para o lado e lá estava ela de camisola na cozinha. Assim que o viu, correu para pegar o roupão. Não era uma camisola provocativa, era branca e ia até a metade dos joelhos, os botões da parte de cima estavam fechados até o pescoço. Carlos achou aquele teatro pouco divertido e não estava com paciência para aquilo. Começava a pensar que aquela mulher era bem hipócrita, mas aquilo pouco importava.

Sua casa nem parecia ser sua. Estava limpa e arrumada. O sofá-cama ainda estava aberto. *Pelo menos alguém se deu bem nessa casa,* Carlos pensou.

"O que você está fazendo aqui?", perguntou Noemi enquanto amarrava o roupão.

"Esta é a minha casa, sabia? Não precisa fazer toda essa cena, eu sei que de freira você não tem nada", assim que terminou de falar, se deu conta que ela não tinha culpa dos seus problemas e de como estava sendo áspero, mas não se importava.

"Eu...", ela começou a falar desconcertada, mas não saiu mais do que isso.

"Acredite em mim, com quem você dorme não está entre as minhas preocupações. Nós dois sabemos que o que te levou ao convento não foi por não gostar de homem, foi para esconder quem você realmente é, pois aqui está o problema: agora eu preciso da sua ajuda. Eu não te convidei para ficar aqui pela boa vontade do meu coração. Eu queria descobrir para que serviam sete *daemons*, e como você é uma de nós...", ela arregalou os olhos, mas ele não deixou que ela dissesse nada. "Pode tirar essa expressão do seu rosto. Achei que ia precisar de você e acontece que ainda preciso, mas não para fazer o ritual... isso é algo que farei sozinho... ou quase sozinho... Mas preciso de você para achar o maldito livro que contém o ritual. Você não encontrou o que procurava na biblioteca e fez aquela confusão, mas a resposta ainda está lá. Precisamos encontrar."

A freira ficou em silêncio por um tempo. Carlos pôde perceber que ela estava segurando a respiração, por um momento achou que podia dizer algo gentil, mas estava cansado de ser gentil. Finalmente, ela falou, "Eu não posso voltar lá...".

Carlos retorceu os lábios e desabou em uma cadeira. Ela se aproximou como alguém que está com medo e se sentou em outra. Carlos passou as mãos nos olhos. Se sentia como quando Christa lhe dava sonhos, dormia por horas, mas acordava com a impressão de que tinha dormido por alguns minutos e se sentia mais cansado do que antes de dormir.

Ele respirou fundo e começou a contar tudo o que tinha se passado com ele. Contou sobre Christa, sobre quem ele era e o que ele fez, sobre quem realmente são Brianna, Jamal e Jean e por que

Brianna a odiava. Quando a mulher ouviu a palavra lobisomem, seu rosto engessou, "Você... me deixou sozinha com um... lobisomem...".

"Ah, por favor, não comece! Eu não mandei você dormir com ele, era para ele te ensinar algumas coisas. E até onde eu sei você não fez nada que não queria", a freira enrubesceu, mas Carlos nem reparou, continuou a contar sua história. Chegou ao ponto do seu sonho, do que descobriu e da reação dos outros.

Quando ele terminou, só ouviam a chuva do lado de fora e o tic-tac do relógio de parede. Já passava da meia-noite. Noemi abriu a boca para falar duas vezes, mas desistiu. Depois de mais minutos em silêncio, ela finalmente falou o que estava na sua mente desde que ele parara de falar. "Eu não sei como você acha que eu posso te ajudar. Não posso entrar no convento... elas vão... eu nem sei o que elas fariam, mas... não posso voltar lá."

"Você não pode voltar lá entrando pela porta da frente, isso eu concordo, mas deve haver outra entrada. Não é possível, um lugar grande e antigo como aquele." Ela não discordou, aliás, a expressão no seu rosto indicava que ela sabia que ele dizia a verdade. Carlos tinha voltado a falar com sua voz mansa. Aquela freira podia ser uma fraude em todos os sentidos, mas era uma mulher medrosa, isso ele já havia entendido há muito tempo. Se ele queria sua ajuda, teria que convencê-la, mais uma vez, a confiar nele. "Você não precisa vir. Só precisa dizer como posso entrar e onde ficam os livros."

"E se te pegarem?"

"Eu... não sei. Agora isso não importa. Você conhece uma passagem ou não?"

Noemi engoliu seco. "Há a porta que dá para a cozinha, por onde levamos o lixo para fora...", os olhos de Carlos se arregalaram, "Mas a porta fica trancada todo o tempo...".

"Você não tem a chave?", perguntou Carlos incrédulo.

Noemi soltou uma risada nervosa, "Eu tinha a chave, mas deixei tudo em cima da minha cama quando decidi ir embora, não tinha a intenção de voltar lá às escondidas".

"Deve ter um modo de entrar!", Carlos começou a alterar a voz novamente, o que assustou Noemi. O detetive se levantou e pensou alto, "Se eu pelo menos conseguisse controlar a mente das pessoas...".

"O quê?", ela perguntou, ficando cada vez mais assustada.

"Christa fazia isso, conseguia controlar a mente dos outros... eu acho que por ser filho de uma delas, eu deveria conseguir fazer algo semelhante... mas não sei como. É igual a coisa do sonho, Christa fazia isso também, me dava sonhos..."

A moça limpou a garganta, "Jamal...", mais uma vez ela corou, mas dessa vez controlou seu nervosismo ao ver que Carlos rolava os olhos sem paciência. "Nós começamos com um exercício de concentração. Ele me deu um objeto qualquer, foi aquele livro ali."

Carlos olhou em cima da mesa de centro, que não estava no centro da sala, visto que o sofá-cama ocupava todo o espaço, a mesa estava encostada na parede. Ele foi até lá, pegou o livro e olhou para Noemi de relance. "Devo confessar que fiquei um pouco assustada quando vi o título, mas então Jamal disse que você só estava pesquisando pois não sabia muito sobre essas coisas."

"É, eu estive lendo tudo o que encontrei", ele colocou o livro de volta na mesa, cujo título era "A História da Evocação", por Sharlene Aguilar. "O que você fez com o livro?"

"Ele disse que eu deveria me concentrar no livro e em mais nada, afastar todos os outros pensamentos da minha cabeça, até conseguir visualizar somente o livro, eu fechei os olhos enquanto ele me guiava. Então, ele disse que eu deveria fazer perguntas ao livro, como de onde ele veio, quem o possuiu antes de você, como era sua escritora, coisas assim. Não sei dizer quanto tempo ficamos assim, no começo achei que era uma bobagem, mas conforme o tempo foi passando eu vi algo, acho que era a mulher que o escreveu. Ela estava olhando pela janela de um castelo, pelo menos parecia um castelo ou uma mansão... estava em um grande salão e havia um homem ali... fizeram algo com ela, eu me assustei e gritei. Queria parar de ver aquilo, acho que a estavam torturando, não creio que era essa época, então Jamal me chacoalhou até eu abrir os olhos e... Sabe quanto tempo fazia desde que alguém me deu um abraço?"

"Acho que eu já sei o resto", disse Carlos poupando a moça de detalhes que ele sabia que ela não se sentiria bem em dar e ele nem estava interessado em escutar. "Se concentrar é a base de tudo, Brianna mandou eu fazer a mesma coisa quando fui dormir."

"Foi a primeira vez que vi algo intencionalmente... nunca achei que eu poderia controlar isso", havia um tom de orgulho e satisfação em sua voz.

"Talvez eu possa fazer o mesmo, agora que você me contou isso, e depois da minha experiência hoje. Jean me deu aquele negócio para me ajudar, mas no final das contas... Se eu me concentrar... mas pode demorar muito e eu não... não temos todo esse tempo. Vamos lá, preciso ver essa porta. Deve ter um jeito de arrombar."

"Arrombar?! Eu não vou arrombar o convento."

"Você não precisa fazer nada, só me mostrar onde está a porta", Carlos a encarou por um tempo até ela perceber que não tinha muita escolha.

"Vou colocar uma roupa", Noemi continuou olhando para ele como quem se pergunta se ele não vai sair.

"Pode se trocar no banheiro, eu não vou te dar a chance de fugir."

Contrariada, a moça pegou uma roupa em sua mala e entrou no banheiro, enquanto Carlos a esperava encostado na porta de entrada.

CAPÍTULO 18

*E*ram três da manhã quando Carlos e Noemi chegaram ao convento. Fora os plásticos que cobriam as janelas que foram quebradas pelos fantasmas, tudo parecia igual. Carlos entrou com o carro na ruela da lateral esquerda do convento. Era onde ficava a cozinha. Eles saíram do carro e a freira mostrou onde ficava. Havia uma porta de ferro e atrás desta uma porta de madeira. Ele ficou olhando para a fechadura por um tempo, pensando como poderia entrar ali. E então lhe veio em mente: a menina. "Qual o nome da menina que me ligou?"

"O quê?", respondeu Noemi, desconfiando o que ele tinha em mente e não aprovando. "Por que você quer saber isso?"

"Ela pode abrir a porta."

"Não, você não pode envolver uma criança nisso..."

"Você não teve problemas em deixá-la sozinha com um bando de fantasmas", retrucou Carlos sem paciência.

Noemi se calou por um momento, mas Carlos não tirou os olhos de cima dela, então ela decidiu falar algo, "Como você pretende falar com ela sem acordar todo mundo?".

Carlos se afastou da freira, precisava entrar. Se ele conseguisse descobrir como fazer aquele ritual talvez pudesse achar uma forma de fazê-lo de outra forma... No fundo, ainda tinha esperança que quando ele fosse ler o ritual descobriria que não era nada daquilo e poderia ligar para Brianna e tudo aquilo seria esquecido. Foi pensando na sua amiga que ele achou a solução. Ele ainda não tinha aprendido como controlar a mente das pessoas, mas já tinha uma noção de como controlar os sonhos e a menina estava dormindo naquele exato momento. Foi correndo até Noemi, que o esperava de braços cruzados encostada no carro.

"Você vai ficar aqui, eu preciso ir ao escritório e ver se eles deixaram uma coisa lá."

"Eu não vou ficar aqui sozinha a essa hora da noite!"

Carlos rolou os olhos e de repente sentiu uma imensa falta dos outros. Sabia que não era culpa de Noemi, ela não tinha como se defender e Carlos começava a se esquecer dos perigos que outros humanos normais poderiam oferecer. "Tudo bem, vamos logo então, mas não quero reclamações ou você arregalando os olhos e se assustando com cada coisa que eu digo."

Os dois entraram no carro novamente, Carlos havia acabado de dar a partida quando Noemi perguntou, "O que você vai procurar no escritório?".

"Jean fez uma coisa para eu tomar, foi assim que eu consegui falar com a valquíria."

"Sua mãe?"

"Isso...", ainda era estranho falar naquela mulher como sua mãe, preferia não pensar muito naquilo, tinha outros problemas.

"Ainda não entendi como isso vai te fazer entrar."

Carlos mordeu os lábios, sabia o que ela iria dizer, mas não tinha como esconder o que queria fazer, pois precisaria da sua ajuda. Respirou fundo. "Vou tentar entrar no sonho da menina e pedir para ela abrir a porta."

"O quê?!", gritou Noemi, como era de se esperar.

"Eu sei, não é nobre, não é certo, mas é a única ideia que eu tenho."

"Você vai entrar na cabeça de uma criança... isso é..."

"É errado, acabei de dizer, eu sei! Mas sabe de uma coisa, nesse momento, não estou muito preocupado com certo e errado, só quero pegar esse maldito livro e..."

"E? E então o que você vai fazer?"

"Não sei, mas eu preciso ver o que está escrito ali e talvez... pode ter outra forma..."

Ficaram em silêncio por um tempo até que Noemi falou com a voz mais calma, "Você sente falta deles, não é?".

Carlos não respondeu imediatamente. "Eles já me ajudaram muito..."

"Não foi isso que eu perguntei, mas eu sei a resposta. É bom estar com pessoas que sabem exatamente quem você é. Você não precisa mentir ou fingir."

Carlos sorriu. "Na verdade, na maior parte do tempo eu tenho a impressão de que eles me conhecem melhor do que eu mesmo."

Ela lhe lançou um olhar compreensivo. "Eu sei como é isso..."

Então Carlos finalmente entendeu como e por que ela acabou dormindo com Jamal.

Eles chegaram ao escritório. Carlos correu pelas escadas e entrou na sua sala olhando para os lados a procura do frasco. Lembrava-se de ter visto Jean colocá-lo em cima da mesa, mas não estava lá. *Deve ter levado com ele.* Mas Carlos ainda não queria se dar por vencido, talvez tivesse caído. Olhou no sofá, enfiou as mãos entre as almofadas e nada. Noemi o alcançou e ficou na porta a observá-lo. Ele foi até sua mesa e abriu as gavetas, mesmo sabendo que não estaria ali, eles não teriam colocado dentro da gaveta. A mesa estava uma bagunça, havia restos dos ingredientes que Jean usara para fazer a poção, assim como guardanapos sujos e sacos de fast-food. "Acho que você precisa chamar a moça da limpeza para limpar isso aqui também", disse Noemi entrando no escritório com passos cuidadosos, como se pudesse se sujar só de estar ali dentro.

Carlos não respondeu, agachou e olhou em volta no chão, nos cantos, então se levantou e empurrou o sofá afastando-o da parede. E ali estava, o pequeno frasco caído. Ele devia ter caído da mesa e rolado para debaixo do sofá. Carlos pegou o frasco com cuidado, queria ter certeza de que não estava quebrado. Não estava. E tinha o suficiente para fazer tudo aquilo de novo. "Vamos!"

Ele saiu correndo do quarto e Noemi o seguiu perguntando se ele não iria trancar o escritório. Ele jogou as chaves para ela gritando para ela ir depressa.

Assim que a freira entrou no carro, Carlos deu a partida. "Para onde estamos indo agora?", ela perguntou um tanto assustada.

"De volta para o convento. Vou tomar isso dentro do carro, enquanto isso você vai ficar do lado de fora, esperando que ela abra a porta."

"O que exatamente você vai fazer com ela?", perguntou Noemi preocupada.

"Vou pedir para ela abrir a porta...", Carlos não sabia como ser mais claro.

"E por que você tem tanta certeza de que ela vai fazer o que você pedir?", sua voz soou bem desconfiada.

"Porque ela vai se lembrar de mim...", na verdade, Carlos não tinha pensado na possibilidade da menina simplesmente dizer: Não vou abrir a porta.

Posso tentar controlá-la se ela fizer isso... Ele olhou de canto de olho para Noemi como se ela pudesse de algum modo ler o que se passava na sua cabeça, mas a freira continuava com a mesma expressão preocupada.

Os dois chegaram mais uma vez na escola. Carlos encostou o carro na mesma rua de antes. Só então ele percebeu como estava agitado, nunca conseguiria fazer aquilo se não se acalmasse. Começou a respirar fundo e soltar o ar devagar, tentando se lembrar de tudo o que Brianna fez antes de ele beber a poção. *A ametista... Droga, esqueci de procurar, mas eu teria visto se estivesse lá. E o manjericão... Não preciso disso, a menina não vai me fazer mal.*

"E agora?", perguntou Noemi impaciente.

Sem responder, Carlos pegou o pequeno frasco, abriu a tampa e o levou até a boca, mas parou. "Acho que eu posso ficar meio estranho, como se estivesse passando mal, mas é normal... Não se preocupe, fique atenta a porta, assim que estiver destrancada você manda a menina de volta para o quarto e espera eu acordar."

"Você sabe que ela não tem a chave. Você vai pedir para ela roubar a chave!", afirmou Noemi querendo ter certeza de que ele sabia o que estava fazendo e com esperança de que ele parasse.

Na verdade, ele também não tinha pensado nisso. "Sim... eu sei... mas não posso entrar no sonho de uma das freiras. "

Ele levou o frasco à boca mais uma vez e bebeu. Deitou o banco do carro, fechou os olhos e esperou. Em alguns minutos, Carlos sentiu todos aqueles sintomas novamente e Noemi começou a se desesperar. Ela gritava o nome do detetive sem saber o que fazer, pegou o celular para ligar para alguém, mas parou e decidiu esperar, afinal, ele avisou que seria assim.

Foram longos minutos para a freira que assistia Carlos tendo espasmos, mas de um momento para o outro ele parou e parecia que estava simplesmente dormindo. Agora tinha que esperar.

CAPÍTULO 19

*C*arlos estava agitado demais, por mais que tentasse focar na menina, não conseguiu, pelo menos não por completo. Os gritos de Noemi chamando seu nome foram sumindo aos pouчos, mas ele não via nada. Era como se estivesse em lugar nenhum. Dessa vez, sentiu mais dores do que antes e em alguns momentos perdeu a consciência do sonho e se pegou perguntando se estava dormindo ou acordado. Sentia-se cansado, como se quisesse dormir dentro do sonho, mas continuou se esforçando a concentrar.

Após um tempo nesse estado, em que escutava sons desconexos e via imagens irrelevantes que mais tarde nem se lembrara, se encontrou em um corredor mal iluminado. Não era o convento, disso tinha certeza. A pergunta *Onde estou?* mal tinha se formado em sua mente, quando ele se viu em meio a Brianna, Jamal e Jean. Carlos arregalou os olhos e foi andando para trás sem saber o que fazer, quando notou que eles não pareciam vê-lo.

Eles estavam em um apartamento. Brianna estava na pequena cozinha fazendo comida, Carlos não conseguiu saber o que era, Jamal e Jean estavam sentados a uma mesa redonda fumando algo que definitivamente não era cigarro, mas Carlos também não soube dizer o que era, os cheiros se misturavam e ele não conseguia identificar nenhum deles, também não enxergava com nitidez.

O detetive se perguntou o que estava fazendo ali, mas não foi difícil descobrir. Não pensava na menina quando adormeceu, uma parte dele pensava em como queria que eles estivessem lá para ajudá-lo. Ficou agradecido por eles não o virem e já pensava em como sair dali quando reparou que Jean olhava bem na sua direção. O homem se levantou e caminhou até ele. Carlos entrou em pânico, tentou pensar na menina para sair dali, mas Jean se aproximava cada vez mais. O necromante levantou a mão e tentou tocar Carlos, mas sua mão atravessou seu braço. "O que foi?", perguntou Brianna.

"Tem algo aqui... não sei o que é...", disse Jean ainda olhando para Carlos.

Por um breve momento, Carlos se esqueceu da menina e de todo o resto. Queria poder ficar ali com eles, mas sabia que não podia. Tendo certeza de que Jean não sabia que era ele que estava ali, ele se afastou e direcionou a mente para a menina. O que foi muito difícil visto que a conversa dos três entrava nos seus ouvidos. Fechou os olhos e pensou na menina e em mais nada.

Depois de um tempo lutando contra si mesmo, as vozes desapareceram. Quando se encontrou em completo silêncio, ele abriu os olhos novamente e dessa vez havia acertado. Estava no convento.

Não estava, porém, no quarto da menina. Estava no telhado, exatamente no mesmo lugar onde ele e a menina se esconderam dos fantasmas. *Preciso fazer melhor do que isso.* Ele fechou os olhos novamente, mas dessa vez não pensou somente na menina, pensou em seus sonhos.

Sua ansiedade atrapalhava sua concentração, só então se lembrou de que Noemi não lhe disse o nome da menina, isso poderia ajudar, mas agora não tinha tempo para isso. Precisava ir logo antes que ela acordasse. Afastou os outros pensamentos o mais que pôde e focou nela e nos sonhos que estava tendo.

O cansaço o estava invadindo e ele não conseguiu mais controlar, sentiu como se estivesse dormindo novamente. Então, sem se lembrar de ter aberto os olhos, se encontrou em uma sorveteria. Estava vazia, como se estivesse fechada, mas todos os sorvetes estavam lá. Ele olhou para os lados e em um canto da sorveteria lá estava ela, toda lambuzada, se esbaldando com um sorvete.

Carlos se aproximou devagar, a menina não o viu, mas depois de alguns passos, ela parou de comer o sorvete e levantou a cabeça. Assim que viu o rosto de Carlos, o pote de sorvete caiu de suas mãos. Com os olhos aterrorizados, ela se levantou encostando-se à parede.

Carlos levantou as mãos, como um gesto de quem não quer fazer mal e falou com calma. "Não vou te machucar... acho que você se lembra de mim... eu te ajudei lembra?", ainda com os olhos arregalados, ela assentiu. "Preciso da sua ajuda. Preciso que você acorde e abra a porta da cozinha, eu e Noemi precisamos entrar...", Carlos estava para dizer por que eles precisavam entrar, mas depois percebeu que não havia motivo ou tempo para tanta explicação.

Ela o encarou por um breve período e depois disse com firmeza, "Eu abro a porta... se vocês me levarem com vocês".

Carlos esperava muita coisa, mas não aquilo, então falou a primeira coisa que lhe veio em mente. "Por quê?"

"Eu quero ver as coisas que vocês veem e... viver como nos livros."

"Não, você está enganada, isso que fazemos não tem nada a ver com os livros... quer dizer, talvez um pouco, mas não é nada poético como você pensa."

"Eu não penso que é romântico... eu ainda consigo sentir os fantasmas dentro de mim e consigo ouvir seus pensamentos na minha cabeça..."

Carlos sentiu o estômago embrulhar, não fazia ideia de que a menina teria sequelas, e Jean, nem ninguém falou nada a respeito. "Eu sinto muito...", foi a única coisa que ele conseguiu dizer.

Os dois ficaram se olhando por um breve período, até que ela quebrou o silêncio. "Você não vai me levar... eu sei, mas quis tentar. Vou abrir a porta para você, sei onde está a chave."

Instantaneamente, Carlos sentiu uma tristeza o invadir, sua cabeça começou a doer, olhou para a menina e ela parecia compartilhar a sua dor, pois havia levado suas mãos à cabeça, sentiu náusea e quando se deu conta estava ajoelhado vomitando. Voltou a ouvir a voz de Noemi, parecia chamá-lo desesperadamente. Podia sentir suas mãos que o sacudiam. Depois de um longo tempo em uma escuridão sem fim, ele abriu os olhos.

CAPÍTULO 20

*C*arlos suava frio. A primeira coisa que notou era que não estava mais no carro. *Não deu certo...* Foi seu primeiro pensamento. Olhou para o lado e viu uma faixa de raio de sol no chão. *Estou em casa...*

Ele se sentou de imediato perguntando, "O que houve?", levou as mãos à cabeça se sentindo tonto e voltou a deitar. Noemi colocou a mão em seu ombro ajudando-o.

"Você estava dormindo, eu achei que estava tudo indo conforme o planejado quando você começou a gritar e parecia estar tendo um pesadelo, tentei te acordar, mas não consegui...", ela parou de falar como se tivesse feito algo repreensível, com as mãos entrelaçadas, os olhos baixos e caminhando de um lado para o outro, ela voltou a falar rapidamente. "Só fiz isso porque não sabia mais o que fazer e você parecia não estar bem... eu... eu... liguei para Jamal..."

"O quê?!", Carlos não sabia se estava bravo ou agradecido, mas então percebeu o mais importante. "Eles vieram?"

"Sim... precisou de um pouco de persuasão... na verdade, acho que só vieram porque eu falei que a menina também precisava de ajuda."

"Então...", ele perguntou impaciente.

"Antes que eles chegassem, Sarah saiu pela porta..."

"Sarah?"

"A menina!", disse Noemi surpresa por ele ainda não saber o nome dela. Carlos, um tanto envergonhado, fez um gesto com a mão para ela continuar. "Ela não parecia bem, estava pálida e... com febre..."

Carlos se sentou novamente. "Fui eu? Foi minha culpa? O que eu fiz? Ela está bem?", ele olhou em torno como se a resposta pudesse estar lá, mas não estava.

"Seus amigos chegaram... aquele francês... Jean. Foi ele quem cuidou de você, a moça e Jamal cuidaram da menina, eles me fizeram todos os tipos de perguntas e toda hora Jean ou Jamal falava que eles não deveriam estar ali te ajudando sabendo o que você pretendia fazer, mas Brianna dizia que seria a última vez."

Noemi parou como se a narração tivesse terminado, mas Carlos sabia que não poderia ter terminado ali. "Conte logo o que aconteceu!"

"O que você fez, entrar na mente dela daquele jeito, sem proteção, foi o que Brianna disse... parece que você e Sarah tiveram algum tipo de conexão... em poucas palavras: Sarah pode sentir o que você sente e vice-versa. Por isso você estava se debatendo e suando e ela estava com febre."

Carlos ficou um momento em silêncio para processar a informação e depois falou com calma, "Eles consertaram isso, certo?".

Noemi mordeu os lábios. "Não... não sabem como..."

Carlos cobriu o rosto com as mãos. "E... e agora? O que acontece com ela?"

"Não sei..."

"Onde ela está?"

"No convento. Brianna falou para ela vir conosco, mas ela

se recusou, disse que você precisava ir à biblioteca e precisava dela lá dentro para isso. Sinceramente, eu achei melhor, não queria raptar a menina."

"Mas o que Sarah queria em troca era vir embora conosco..."

"Eu acho que o que ela quer é te ajudar."

Então Carlos se lembrou da tristeza que sentiu antes de começar a se sentir mal. Era dela, de Sarah. "Por que ela quer tanto sair de lá? Achei que vocês tratavam bem as crianças."

"Tratamos... as freiras são boas com as crianças. Quer dizer, não dão o amor que uma mãe pode dar, mas não lhes fazem mal se é isso que está pensando. Acho que Sarah, como qualquer criança na sua situação, quer sair do orfanato e ter uma vida de verdade... e, nesse momento, seja pelo motivo que for, ela está mais ligada a você do que a qualquer um."

"O que acontece com ela se algo acontecer comigo?"

"Eu fiz a mesma pergunta... eles não souberam dizer. A ligação pode se quebrar ou..."

"Ou ela pode sofrer como eu."

Noemi anuiu. Eles ficaram novamente em silêncio por um tempo, até que Carlos falou com um sorriso amargo. "Pode dizer: eu avisei."

"Você já falou por mim."

Carlos achou que depois de tudo isso, ela estaria muito mais brava com ele. Ele se levantou cambaleando e se surpreendeu ao ver a pequena mesa da cozinha arrumada com o café da manhã. "Obrigado", ele disse sem graça, enquanto se sentava.

Ela lhe sorriu e se sentou na sua frente. Na mesa havia pão, suco de laranja, café e manteiga. "Era o que você tinha na geladeira, não pude fazer muito."

"Está ótimo", ele falou com a boca cheia de pão. "Foram eles que me trouxeram para cá?"

"Sim", ela colocou suco em um copo e bebericou. "Então... o que você vai fazer agora?"

Carlos olhou bem nos olhos dela e suspirou. "Voltamos para a escola e pegamos o livro", suas palavras saíram decididas, mas com pesar. Noemi baixou os olhos e ele continuou, "Eu não gosto disso também, mas...".

"Por que você acha que é você quem deve fazer isso?", ela o interrompeu.

Sua pergunta chegou de surpresa, ele parou segurando a xícara do café no ar. "Eu... eu já te expliquei tudo isso é minha culpa."

"As valquírias não parecem te culpar, senão por que teriam vindo até mim, podiam ter ido diretamente a você, para você consertar as coisas."

"Não acho que é assim que funciona, elas precisavam de alguém... não sei, com a mente aberta e que estivesse perto do livro, pelo menos foi isso que eu entendi. Não interessa, o problema é que sabendo de tudo isso, como posso ignorar. Você conseguiria ignorar?"

Noemi lhe mostrou um sorriso irônico. "Depois de tantos anos, eu posso dar aula em como ignorar sinais, premonições e tudo o que vem com eles."

"Bom, eu não posso, não consigo."

"Você não me deixou terminar. Sei muito bem como ignorar essas coisas, mas, nesse caso, não conseguiria, aliás, não consegui, por isso fiz toda aquela confusão." Carlos a olhou de modo interrogativo, sem entender aonde ela queria chegar com aquela conversa e então ela continuou, "O que eu estou tentando dizer é que, quero ajudar. É óbvio que você precisa de alguma ajuda e parece que está meio sozinho".

Carlos engoliu o último pedaço de pão que estava na sua boca e disse, "Obrigado, mas eu gostaria que você fizesse outra coisa por mim." Noemi franziu as sobrancelhas. "A menina, Sarah, se eu fiz isso com ela, não acho que está segura sozinha onde ninguém sabe o que se passa... talvez você pudesse..."

"Fugir com ela?!", a voz dela soou como um grito agudo de susto. "Não posso fazer isso! Você sabe como isso é sério?"

"Eu sei, mas se algo me acontecer e ela começar a sofrer, a única pessoa que saberá o que se passa com ela é você. Ninguém no convento poderá ajudá-la. E ela virá por livre e espontânea vontade, não é um sequestro. Quem irá desconfiar de você?"

"Eu não sei...", Noemi se levantou aflita.

"E se você voltasse para o convento...?"

"Não! Não posso! Não depois de tudo, elas vão me pedir

explicações que não posso dar."

Os dois ficaram em silêncio por um longo tempo, até que Carlos falou, "Vocês poderiam ir ao Vale do Rubi".

"Por quê?"

"Acho que Brianna e Jamal vão voltar para lá. Sarah estará segura perto deles."

"E eu? Eu vou estar segura lá? E se a polícia vier atrás de mim?"

"Não acho que isso vai acontecer."

"Você acha? Você me pede para eu arriscar ir para a prisão e você ACHA que nada vai acontecer!?"

"Christa conseguia controlar todos ali, eu sei que posso fazer o mesmo, posso fazer com que ninguém nunca diga nada sobre vocês."

"Você realmente acredita que pode fazer o que aquela mulher fez, controlar uma cidade inteira?"

"Bom, talvez... não inteira... mas as pessoas que importam. A polícia, por exemplo."

"O problema é que você não vai estar lá, vai? Você vai caçar *daemons* ou sei lá o quê."

Ele parou para pensar, "Ela pode deixar um bilhete. Ela pode escrever que queria te encontrar porque você foi embora sem se despedir. Ninguém vai achar que você a pegou. Vão achar que ela fugiu para te procurar e você pode antecipar se eles estiverem chegando perto e...".

"Eu não posso fazer isso, já disse que não tenho controle."

"Se treinar como Jamal ensinou pode ter!"

"SE você conseguir controlar a mente das pessoas, SE eu conseguir antecipar as coisas que irão acontecer. É muita suposição para o meu gosto."

Naquele ponto, Carlos já não tinha mais argumento. "Tudo bem. Ela vem comigo então."

"Você não pode estar falando sério!"

"Não vou deixá-la sozinha, isso eu já decidi. Ela entrou na lista das coisas que eu tenho que consertar, agora tenho que protegê-la da melhor forma que posso. Queria que ela ficasse com você, porque comigo pode ficar perigoso, mas se você já decidiu que não quer, então não tenho escolha, ela vem comigo! Essa noite voltamos para o convento. Só preciso saber como avisá-la."

Noemi ficou em silêncio por um tempo, até que falou com a voz baixa, "Basta falar com ela. Brianna disse que vocês provavelmente poderiam escutar os pensamentos um do outro".

Carlos não respondeu, mas até que achou aquilo conveniente. Pegou seu casaco e estava para sair quando Noemi o parou. "Aonde você vai? Achei que iríamos só de noite e você ainda não está bem. Eles falaram que fazer o que você fez duas vezes no mesmo dia... sua cabeça não vai aguentar."

"Vou para o escritório, preciso me comunicar com ela e... preciso agradecer os outros. Minha cabeça vai ficar bem. Descanse e não se preocupe. Nos vemos mais tarde."

Ele saiu fechando a porta, deixando Noemi ali parada sem saber o que fazer.

CAPÍTULO 21

*C*arlos estava sentado à sua escrivaninha segurando a cabeça entre as mãos. Sua testa pulsava como se o coração tivesse mudado de lugar e ido parar ali. Já tinha tomado três con...p...nidos, mas não parecia resolver. *Deve ter sido o esforço de tentar contatar a menina... Pelo menos isso eu consegui.*

Assim que Carlos entrara no escritório, ele deitou no sofá e pensou na garota, na verdade, foi bem mais fácil do que imaginara. Logo pôde ouvir uma voz no fundo da sua mente, uma voz que sua intuição dizia não ser a dele, ficou um tanto cético no começo, mas quando ela falou, "Eu achei que você viria, quer que eu abra a porta essa noite, não é?", ele se convenceu de que era ela mesma. Pensou em pedir desculpas e depois pensou em falar do plano, mas não sabia exatamente como se expressar daquela forma e então ela falou, "Está tudo bem, sua amiga cuidou de mim... então você vai me levar com você! Crianças fogem sempre, não vão desconfiar". Havia uma leveza e uma alegria naquela voz e então Carlos entendeu que tudo o que ele pensava ela escutava, não precisava se expressar, só precisava pensar. Ele se despediu e abriu os olhos, todo o processo tinha sido tão tranquilo que ele não entendeu por que, ao se levantar, sentiu a sala girar e de repente aquela dor de cabeça fulminante.

Perguntou-se se Sarah também estava sentindo aquilo, desejou que não. Pegou no telefone várias vezes e voltou a desligar. Queria ligar para Brianna e agradecer, no fundo sabia que o agradecimento era só uma desculpa para ter notícias, mas se deixou enganar. Jean tinha deixado seu número e endereço na noite em que dormiu ali. O papel já estava todo amassado das tantas vezes que Carlos o pegou, dobrou, desdobrou, guardou, voltou a pegar, colocou no bolso, tirou do bolso e assim por diante. Por fim, decidiu então que certas coisas são melhores se ditas pessoalmente, colocou o casaco e saiu do seu escritório determinado a ir à casa de Jean.

Era uma rua de prédios antigos não bem conservados. Ele saiu do carro sem hesitar e tocou a campainha. Esperou. E nada. Tocou novamente, dessa vez por mais tempo. Nada. Onde teriam ido? Olhou no relógio, eram 13h da tarde, talvez foram almoçar. Carlos tocou mais uma vez, dessa vez por muito tempo, mas ninguém veio. Ele voltou para o carro abatido e decidiu esperar um pouco para ver se voltavam.

Uma hora se passou e nada. Então, Carlos resolveu usar o pouco que sabia sobre ser um detetive de verdade. Pegou um clipe no porta-luvas, o abriu e foi até a porta. Olhou para os lados para se certificar de que ninguém o estava vendo e com o clipe tentou abrir a fechadura.

Só tinha feito aquilo algumas vezes, para treinar, sabia que poderia ser útil na sua profissão, mas não estava tendo muita sorte. Seus dedos já doíam quando ele finalmente abriu a porta que dava para uma estreita escadaria. Ao chegar no andar de cima, ele se encontrou no mesmo corredor do seu sonho. Pegou o papel novamente no seu bolso e olhou o número: 81. Bateu na porta com vigor. Mais uma vez esperou em vão, mas não tinha intenção de esperar muito. Pegou o mesmo clipe de antes e abriu a fechadura. Dessa vez, foi mais fácil.

A porta abriu rangendo. Ele colocou a cabeça para dentro devagar, pensou em chamar por eles, mas achou melhor não. Nesse ponto, todos os cenários, do mais ingênuo ao mais arrepiante, já tinham se passado pela sua cabeça.

A casa estava exatamente como ele se lembrava do sonho, porém, todos os armários estavam abertos e vazios. Não havia sinal de roupas, ou sapatos, nem mesmo comida na geladeira e o lixo tinha sido tirado.

"Eles foram embora...", Carlos constatou o fato em voz alta. Sua cabeça ainda o perturbava e agora ainda mais, tirou outra aspirina do bolso e a engoliu a seco.

"Eles voltaram para o Vale do Rubi", disse uma voz de mulher.

Carlos se voltou para trás instantaneamente. Era Noemi parada na porta. "Por que não me falou antes?", ele perguntou irritado levantando a voz.

"Não queria chateá-lo. Na verdade, nem acho que eles iam me contar. Foi Jamal que me falou quando perguntei se podia procurá-lo caso precisasse...".

Carlos franziu as sobrancelhas. "Você não está gostando dele de verdade, está?"

"Não! Não... eu... não", a freira balançou a cabeça freneticamente.

"Ele te deu a chave?", perguntou Carlos, reparando em uma chave em suas mãos.

"Sim, disse que se eu pagar o aluguel posso ficar aqui até Jean voltar."

"Então, você pode ou não procurá-lo?"

A moça baixou a cabeça. "Ele falou que seria melhor se eu não me envolvesse com o que você e eles estão fazendo."

"E o que eles estão fazendo?", perguntou Carlos intrigado, achava que eles só tinham voltado para casa.

"Não sei, ele não me falou."

Carlos olhou em volta. "Como você sabia que eu estava aqui?"

"Eu fiquei pensando sobre o que você pediu, então fui te

procurar no escritório, quando vi que não estava lá", a freira lhe mostrou um sorriso tímido. "Achei que era uma boa oportunidade para praticar, me concentrei na maçaneta da porta como Jamal ensinou... até que te vi aqui."

Carlos levantou as sobrancelhas. "E então? Tomou alguma decisão?"

"Você falou com a Sarah?", perguntou Noemi antes de responder. Carlos assentiu. A freira não precisou perguntar se ela tinha aceitado, sabia que sim. "Eu sei que vocês pensam que eu não sirvo para nada. Que eu sou indefesa e medrosa e... muitas outras coisas que são verdade", ela parou para respirar e dessa vez não olhou para o chão, olhou para ele. "Mas eu posso ajudar, eu *quero* ajudar. Vou levar a menina para o Vale do Rubi como você pediu, mas não vou fazer só isso. Vou descobrir o que eles estão fazendo e vou te manter informado."

Carlos não soube o que dizer, mas então lhe veio a dúvida. "Por que isso tão de repente? Até onde eu sei, você gosta e se importa mais com Jamal do que comigo. E agora tem uma casa para morar."

"Já falei, quando você saiu eu fiquei pensando em tudo isso e... sinceramente, eu sei que você acha que eu faço pena, mas... você também não é muito inspirador. Seus amigos te deixaram, você mal sabe o que faz... e é óbvio que precisa de qualquer ajuda que conseguir arrumar. Talvez você tenha razão e eu tenha algum sentimento por Jamal, mas no fim das contas foi você quem veio me ajudar no convento. Não sou tão burra, sei que se dependesse deles eu ainda estaria lá em meio aos fantasmas chorando sem saber o que fazer. Eles vieram porque você veio e acho que te devo isso. E de qualquer forma, não posso morar aqui. Não é tão perto do convento como a sua casa, mas ainda é arriscado."

Carlos se deixou cair no sofá que estava atrás dele. Levou as mãos à cabeça novamente. Infelizmente, tudo o que ela disse era verdade, se sentia patético sem eles, não sabia para que lado virar e parecia que tomaria más decisões sem eles para segurar sua mão, mas não tinha certeza se podia confiar nela. "Ou você só quer uma desculpa para ficar perto de Jamal..."

Ela lhe mostrou um sorriso piedoso. "Eu não te entendo. Você queria minha ajuda, agora eu estou oferecendo mais do que me pediu. Qual é o problema? Uma pessoa não pode mudar de ideia?"

Ela tinha razão, não lhe restava mais ninguém em quem ele podia confiar. "Você vai precisar de dinheiro", ele se levantou e andou na direção da porta, fazendo um sinal para ela o seguir.

"Aonde vamos?", ela perguntou enquanto trancava a porta.

"Vamos nos preparar para sua ida e depois, espero que pela última vez, vamos ao convento."

CAPÍTULO 22

A noite tinha chegado e o humor de Carlos continuava o mesmo, aliás, estava pior. Quando eles foram até o banco para Carlos dar algum dinheiro à freira, ele descobriu que me do que tinha simplesmente desapareceu. Quando o detetive perguntou ao banqueiro o que aconteceu com o dinheiro, este disse que sua mulher retirou a quantia e logo se apressou em dizer que ela tinha uma carta de autorização. Quando o banqueiro lhe mostrou a carta, Carlos viu a assinatura de Susan.

Noemi precisou segurar seu braço com força para fazê-lo parar de amassar o papel, pois o banqueiro parecia assustado.

"Foi um aviso", ele disse no carro algum tempo depois. Seu pescoço estava vermelho como se fosse explodir.

"Não entendo...", disse Noemi que ainda não conhecia a

procedência do dinheiro de Carlos.

"Ela cumpriu sua parte. Ela me pagou, achando que assim eu esqueceria o assunto. Quando ela me viu lá... mandou sua piranha treinada tirar meu dinheiro... mas não tudo, metade. Foi um aviso, entendeu? Se eu continuar, ela tira tudo ou... não sei", Carlos falou alto o suficiente para fazer Noemi se encolher no banco.

Quando ele terminou, ela ficou quieta por um momento e falou com sua voz baixa de quando está com medo de falar. "Por que te tirar o dinheiro e não... bem... e não simplesmente te matar?"

Carlos a olhou. "Já pensei nisso. Não sei, mas ela está ocupada lá em cima. Uma coisa é mandar Susan aqui ir ao banco e retirar o dinheiro, isso leva o que... meia hora, uma no máximo. Mas mandar alguém vir me matar, poderia levar mais tempo e ser mais complicado. Christa não gosta de complicações."

"Mas resolveria o problema de uma vez por todas..."

"O que você está tentando dizer?", Carlos não estava com paciência para charadas.

"Pelo o que eu entendi de tudo o que você me contou, ela podia ter te matado ali, mas não o fez, e agora tirou o seu dinheiro em vez de mandar alguém atrás de você... talvez ela tenha um motivo para não te matar."

Carlos parou para pensar, que razão Christa poderia ter para não querer matá-lo. Não conseguiu achar nada e aquela pergunta se juntou a tantas outras que rodeavam sua mente.

Mesmo com toda a confusão, Carlos ainda conseguiu dar um dinheiro para ajudar Noemi e Sarah.

Agora os dois estavam mais uma vez sentados no carro, perto do convento, esperando que Sarah abrisse a porta. A cabeça de Carlos ainda doía, ele tomou mais uma aspirina e olhou no relógio, 1h55. O combinado era às duas.

"O que eu devo fazer quando chegar lá?", perguntou Noemi, se referindo ao Vale do Rubi. Na verdade, não precisava que ele lhe dissesse, só queria fazer o tempo passar mais rápido.

"Eu te diria para procurar Jamal, mas não sei se Brianna vai gostar de te ver. Só sei que você vai ter que ver... você sabe, a educação da menina."

"Eu não sei se é uma boa ideia colocá-la em uma escola..."

"Sarah disse que crianças fogem o tempo todo", disse Carlos interrompendo-a.

"Sim, claro. Normalmente, são as mais velhas que fazem isso. Com 14, 15 anos."

"E teve muita procura?"

Noemi soltou um suspiro desolado. "Não, na verdade, não. A polícia procura nos arreadores, mas depois de dois dias... creio que devem fazer coisas mais importantes."

"Então você não precisa ter todo esse medo. Não vão colocar a foto dela nos jornais ou na televisão."

"Mesmo assim, acho melhor não colocá-la na escola, pelo menos no começo", Noemi percebeu o rosto de Carlos se endurecer ainda mais e continuou, "Não esqueça de que eu era professora também, não vou deixá-la ver televisão o dia inteiro, vou me certificar de que ela estude".

Se a cabeça de Carlos não doesse tanto e se ele não estivesse tão cansado, poderia até ter dado risada da situação. Ali estava, ele e uma freira que acabara de conhecer discutindo sobre o que fazer com uma criança como se fossem seus pais. De repente, um medo o invadiu, não por ele, mas por elas. "Isso não vai dar certo."

"Mas foi você quem disse..."

"Eu sei! Mas...", nesse momento, a porta se abriu e lá estava ela.

Não era a primeira vez que Carlos a via, mas teve a impressão de que era a primeira vez que ele realmente a enxergava. Tinha os cabelos castanhos, ondulados e cheios que iam até metade das costas, estavam bem desarrumados, como quem acabou de sair da cama.   Carlos saiu do carro, Noemi foi atrás dele. Ele teve que se esforçar para lembrar o que ele queria ali.

"Venham, rápido", a menina falou em um sussurro.

"Você está bem?", Carlos perguntou com uma preocupação genuína.

"Sim... você está cheio de dúvidas, mas eu vou ficar bem", ela se virou e entrou, Carlos olhou para Noemi como quem pede por aprovação, mas ela não fez nenhum sinal. *Se Brianna estivesse aqui...* Mas não estava, afastou o pensamento e entrou.

A cozinha era grande, com fogões enormes e grandes

panelas. Mais à frente havia o balcão onde as pessoas se serviam e do outro lado, o refeitório. Enquanto passavam pelo refeitório, Carlos perguntou, "Como você conseguiu a chave?", não sabia bem por que estava pensando naquilo bem naquele momento. Talvez por estar com medo de estar transformando a menina em uma ladra.

"Como você acha que eu me escondia na biblioteca quando não conseguia dormir? A madre tem um sono pesado, ronca tanto que dá pra ouvir do meu quarto. Eu entro e pego a chave que ela deixa em cima do criado."

Carlos ficou um tanto aliviado, pelo menos a menina já fazia aquilo antes de conhecê-lo, olhou para Noemi e se surpreendeu ao ver um sorriso fora de lugar. "O que é engraçado?"

"A madre ronca mesmo... e ela não acorda porque toma remédio para dormir."

"Mas as outras podem acordar."

"Podem...", aquilo foi suficiente para Noemi voltar a ficar séria.

Quando chegaram ao corredor, Carlos percebeu que os móveis foram colocados no seu devido lugar, olhou para cima e viu que o grande lustre ainda não tinha sido substituído. A cada passo que davam uma madeira rangia, fazendo um barulho imenso em meio a todo aquele silêncio. "O que aconteceu quando elas acordaram?", ele perguntou para a menina. Não podia evitar a curiosidade.

"Na verdade, nenhum deles soube explicar. Alguns disseram que deveria ter sido um assalto, por causa das coisas quebradas. Chamaram a polícia, mas nada foi roubado, então decidiram que foi vandalismo e os bombeiros resolveram que a única explicação era que alguém sabotou nosso aquecedor. Não sei de onde ele tirou isso. E...", ela parou e olhou para Noemi.

"O quê?"

"Nem todos ficaram bem."

Noemi virou o rosto. Era o seu maior medo, por isso tinha chamado a ambulância. "Alguém morreu?", sua voz saiu tremendo.

Pelo tempo que a menina demorou a responder, Noemi soube que sim, alguém tinha morrido, pensou em perguntar quem, mas não sabia se queria saber, porém, a menina falou mesmo assim. "Dez foram parar no hospital, mas só duas freiras morreram. A Irmã Ruth e a Irmã Emanuela." A freira parou de andar. As duas eram bem velhas, provavelmente foi mais do que o corpo delas pôde aguentar. Carlos precisou puxá-la para ela continuar e a menina prosseguiu. "Duas crianças ainda estão no hospital, mas não lembro seus nomes, são do grupo dos pequenos. O resto já voltou e estão bem." Noemi não conseguiu mais segurar as lágrimas, só então que a menina percebeu. "Desculpe..."

"O que elas falaram do sumiço de Noemi?", perguntou Carlos, pois era aquilo o que mais o preocupava. A freira não refletiu bem quando saiu de lá.

A menina mordeu os lábios olhando o rosto da freira que já estava cheio de lágrimas. "Elas acham que você pode estar envolvida e acho que falaram com a polícia."

Os olhos da freira se arregalaram. Então a polícia já estava atrás dela.

Carlos ajudou Sarah a abrir a porta da capela. O barulho foi tremendo. Olharam em volta por um momento, parados, para ver se alguém apareceria, mas ninguém veio. Sarah voltou a caminhar.

Entraram na biblioteca, passaram pela parte que era pública e chegaram à pequena porta que dava para os livros proibidos para as crianças. A porta estava trancada. Sarah levantou o maço de chaves com um sorriso maroto no rosto. Noemi apontou para a chave certa e eles entraram, fechando a porta atrás de si.

Uma vez lá dentro, a freira desabou em uma cadeira, Carlos se ajoelhou na sua frente. "Agora não! Preciso de você."

"Pessoas morreram...", ela balbuciou.

"Não foi sua intenção... não posso ficar aqui te consolando agora...", ele se levantou e começou a procura.

Após um breve período, Noemi enxugou o rosto e se juntou a ele, ainda escorriam lágrimas involuntárias dos seus olhos, mas ela fingia que nada estava acontecendo.

A freira logo achou o livro que ela tinha usado para trazer os fantasmas. Ao pegar nele, sentiu um calafrio. Carlos notou e se aproximou. "Por que você achou que estaria aqui?"

"Porque esse livro tem anotações do que as bruxas faziam,

suas magias e seus feitiços, coisas que elas confessaram."
"Coisas que confessaram sob tortura", falou Carlos um tanto cético.
"Sob tortura ou não, você viu que funcionou."
Carlos pegou o livro da sua mão e folheou, "Pelo amor do Senhor, não leia nada em voz alta", ela falou com os lábios que tremiam.
"Não se preocupe."
Não tinha tempo para ler tudo, mas as poucas palavras que captava ao passar os olhos o fizeram tremer mesmo não conseguindo entender tudo: *obtestatus*; *daemones*; *deorum*; *sacrificium*; *invocato*; *malorum*, mas nenhum desses era o que ele estava procurando. Passou pelo trecho que Noemi tinha lido e entendeu por que ela o leu em voz alta, a letra estava escrita de forma minúscula e parecia que te convidava a recitar, Carlos passou rapidamente para a página seguinte como se o livro pudesse obrigá-lo a ler as palavras. Olhou no relógio, tinha passado meio hora desde que entraram e tinham até às 4h para achar o ritual, pois Noemi falara que as freiras acordavam às 5h.
O tempo passou rápido e eles não tinham olhado nem metade dos livros. Pelo menos Noemi sabia onde uma coisa desse tipo poderia estar e isso facilitava a procura. Assim que terminavam um livro, o recolocavam exatamente no mesmo lugar.
Eram quase quatro horas, Carlos já queria ir embora achando que teriam que voltar ali novamente, quando Sarah falou, "Esse livro tem desenhos". Nenhum dos dois deu muita atenção para ela, mas ela continuou, "Parece que estão matando pessoas estranhas...", Carlos foi até ela com tanta avidez que tropeçou no pé de uma mesa, fazendo um barulho que ecoou pelo lugar. Eles pararam por um momento e ele foi até ela tomando mais cuidado.
"Deixa eu ver."
A menina lhe mostrou o livro, estava em outra língua, Carlos não sabia dizer que língua era, mas os desenhos eram definitivamente de um ritual e quem estava sendo sacrificados eram pessoas estranhas, como disse a garota, pessoas com os rostos deformados, dentes pontiagudos, com características de animais etc. Carlos contou quantos deles havia ali... Sete. Devia ser aquilo, se não era aquilo, era o mais próximo que conseguiria chegar

naquela noite.

Ele fechou o livro com um sorriso de satisfação e deu um beijo na cabeça da menina, que encolheu os ombros de orgulho de si mesma. "Vamos."

Eles saíram da parte proibida da biblioteca, passaram pela real biblioteca, subiram as escadas, cruzaram a capela e quando estavam no corredor, voltando para o refeitório, o chiado de uma porta se abrindo os fez parar. Os três olharam para cima, Carlos e Noemi trocaram olhares. "Corre", disse Carlos.

Os três se colocaram a andar rápido, tentando não fazer muito barulho, mas já era tarde para isso. Já ouviam os passos que se aproximavam, a porta do refeitório parecia a quilômetros de distância. Entraram às pressas sem fechar a porta.

Assim que eles se colocaram a correr, Carlos colocou a mão nas costas de Sarah para que ela fosse mais rápida e Noemi vinha logo atrás, cruzaram o refeitório com o olho na pequena porta que os esperava. Sarah pegou o maço de chaves, estava nervosa demais, suas mãos tremiam e teve dificuldade em achar a chave certa. Enquanto isso, Carlos e Noemi tinham os olhos fixos na porta do refeitório, já podiam ver um relance de uma luz de lanterna. Quando a menina finalmente abriu a porta, o barulho de chaves e do ferro do portão se alastrou pelo lugar. A luz da lanterna foi crescendo mais rápido e eles ouviram, "Quem está aí?".

A porta estava aberta, Carlos e Sarah correram para fora.

"Noemi! O que está fazendo aqui?!", perguntou a freira assustada.

A porta da cozinha estava aberta atrás de si, pensou em correr para fora, mas seus pés não se mexiam. Não era a madre superiora na sua frente e isso fez Noemi soltar um leve suspiro de alívio, mas ainda precisava fazer alguma coisa.

"Eu... eu... vim pedir perdão..."

"Foi você? Quem fez aquilo conosco? A madre disse que deve ter sido senão não teria fugido..."

"Não!", interrompeu Noemi. "Eu não fiz nada! Eu acordei antes de vocês e... de certa forma acho que foi culpa minha, por isso fui embora, porque não queria que meus pecados recaíssem sobre todas vocês e as crianças..."

"Do que você está falando, acho melhor acordar a madre."

"Não, por favor, eu... Só vim pedir perdão e... Na verdade, eu estava com muita vergonha e..."

"Não entendo..."

"Eu estive com um homem", disse Noemi finalmente, como quem confessa algo terrível. A outra freira não disse nada, só arregalou os olhos. "E na noite em que tudo aquilo aconteceu, todo aquele frio e desespero. Quando acordei, sabia que era minha punição, por isso fui embora. Estava muito envergonhada e desesperada por pensar que vocês estavam pagando pelos meus pecados. Peço perdão, Irmã. Só entrei aqui para... deixar uma carta explicando tudo... não tenho coragem de encarar a madre..."

A freira não parecia muito convencida. Olhou Noemi de cima a baixo e finalmente perguntou, "Como entrou aqui?".

"Eu ainda tinha uma chave da porta da cozinha..."

"Onde você esteve durante este tempo?"

"Com um... uma amiga..."

"Que amiga?"

"Uma velha amiga, de muito antes... a única pessoa que eu sabia que morava por perto. Foi a primeira pessoa que pensei em procurar e ela me acolheu."

A freira parecia um pouco mais inclinada a acreditar. "Deixa eu ver essa carta?"

Noemi engoliu seco. "Eu... ainda não..."

"Você disse que ia deixar uma carta", afirmou a freira com um tom de suspeita.

"Eu ia! Mas ainda não a escrevi. Eu fui rezar, na capela, rezei por perdão e para achar as palavras certas. Quando ouvi seus passos, entrei em pânico e corri, não deveria..."

"As palavras certas é a verdade", disse a freira com uma aspereza na voz.

Noemi não sabia mais o que dizer. Tinha a impressão de que se continuasse a falar acabaria se traindo. Agora era rezar para que a freira a deixasse ir. Era estranho, pensou Noemi, a freira que ela conhecia há anos agora olhava para ela com temor. Só podia imaginar as coisas que a madre falou para elas. E enquanto pensava, Noemi se lembrou subitamente de Sarah. Aquilo seria muito suspeito, mas agora não tinha nada que pudesse fazer, se mencionasse a menina, seria pior. "Você achou?", perguntou a freira.

"Achei?", repetiu Noemi sem entender a pergunta.

"As palavras... para a carta."

"Sim! Creio que sim."

A freira olhou para trás, para o relógio de parede que ficava na cozinha, eram quatro e meia. "Pois então escreva. Ainda tem tempo..."

Ela vai me deixar ir. Pensou Noemi aliviada. Por sorte ela estava com sua bolsa, e na sua bolsa havia um bloco de notas e uma caneta. Arrancou uma página, foi até uma das mesas no refeitório e começou a escrever com a freira atrás dela.

Noemi escreveu depressa, se lembrou da mentira que tinha contado há pouco e colocou tudo no papel com súplicas de perdão no meio. Assim que acabou, se levantou, estendeu a mão com o papel para a freira que ainda tinha um olhar desagradado, mas ela não o apanhou. "Não vai pegar?", perguntou Noemi alarmada.

"Não posso", respondeu a freira. "Você vai ter que esperar a madre acordar. Se ela souber que esteve aqui e que eu a deixei ir assim... não posso. Por um momento, tive pena de você, mas terá que arcar com as consequências."

Noemi tentou permanecer calma, embora sentisse o corpo inteiro formigar. Ela recolheu a mão que segurava o bilhete, dizendo com calma, "Tudo bem. Eu entendo. Não quero te causar problemas, mas talvez fosse melhor se você a acordasse agora. Não quero que as crianças me vejam, elas vão fazer perguntas e...".

"Elas já estão fazendo perguntas", interrompeu a Irmã. "Acho que vai ser bom para elas, como para todas, ouvir a explicação da sua boca."

Noemi olhou de relance para o relógio e as duas permaneceram ali mais alguns segundos em pé, a freira a encarando e ela desviando o olhar para a porta, o vento a tinha encostado, mas estava destrancada. A freira nem percebeu que ainda estava aberta. *Posso empurrá-la e correr.* Carlos deveria estar lá esperando por ela, mas em vez disso, disse, "Posso tomar um copo d'água?".

A freira anuiu nervosamente. Noemi foi até o armário. Suas mãos tremiam, assim como as pernas, desejou que conseguisse correr. Em vez de pegar um copo pegou uma panela, fechou os olhos por um segundo desejando que Carlos ainda estivesse lá fora, se virou bruscamente e bateu a panela na cabeça da freira com toda a força que tinha. A mulher caiu no chão desmaiada. Precisava agir rápido, agora não tinha mais volta. Pegou a freira pelos pés e a arrastou para fora. Para sua sorte, a freira era magra e baixa.

Agradeceu a Deus ao ver o carro de Carlos ainda ali. Quando o detetive viu a cena saiu correndo de dentro do carro. "O que você está fazendo?"

"Não tive outra opção. Abra a porta, rápido."

Ele fez o que ela pediu e mandou Sarah passar para o banco da frente. Noemi e Carlos empurraram a freira para dentro do carro e entraram em seguida. "Posso saber por que estamos fazendo isso?", ele perguntou.

"Ela não queria me deixar ir! Vamos embora", disse Noemi com medo que mais alguém aparecesse.

Isso não pode ficar pior. Pensou Carlos enquanto dava a partida.

CAPÍTULO 23

*T*odos ficaram em silêncio durante os primeiros minutos dentro do carro. Noemi olhou para Carlos através do retrovisor, virou o rosto, abriu a boca para falar, mas parou no meio do caminho, voltou a olhar para frente e de repente começou a rir, um riso nervoso que o deixou ainda mais preocupado e em meio as risadas ela falou, "Eu bati nela com a panela...!".

"Noemi, isso não é engraçado. O que vamos fazer com ela?", disse Carlos sem acreditar que ela estava achando aquilo engraçado.

"Eu sei, é ridículo... mas eu nunca...", ela voltou a gargalhar, dessa vez bem alto.

Carlos não sabia o que dizer então não falou nada até eles

finalmente chegarem a sua casa. O detetive deu suas chaves a Sarah dizendo para ela abrir a porta enquanto ele e Noemi carregavam a freira para cima. Os dois olharam para os lados para ver se não havia ninguém na rua, por sorte, ainda era muito cedo e a rua estava deserta.

Os dois a colocaram deitada no sofá-cama e a encararam por alguns segundos sem saber o que fazer. "E agora?", perguntou Carlos irritado.

"Desculpe pelo o que houve no carro... eu... você não sabe quantas vezes eu quis dar uma panelada em uma delas e...", parecia que ela ia voltar a rir, mas Carlos lhe lançou um olhar pungente e ela se segurou. "Eu tentei convencê-la a me deixar ir, disse que só queria deixar um bilhete pedindo desculpas à madre e eu achei que ela me deixaria ir, mas ela mudou de ideia e eu não soube o que fazer", Noemi falou tudo com um só fôlego e quando terminou voltou a encarar a freira desmaiada.

Carlos passou a mão na cabeça. "Quem é ela?"

"É a Irmã Edna. Ela era casada, seu marido sofreu um acidente e você sabe... rezas, promessas, ele morreu e ela foi parar no convento."

"O que vamos fazer?", Carlos perguntou de novo, na verdade, pouco se interessava pela vida da mulher, queria saber como se livrar dela.

"Achei que você poderia fazer aquela coisa com a mente que você disse que deveria conseguir."

"Eu disse que *achava* que poderia e fui bem claro quando disse que ainda não sei como. Você quer que ela fique aqui até eu descobrir? E se eu nunca conseguir?", Noemi mordeu os lábios. "Não posso lidar com isso agora... preciso deitar... minha cabeça... não aguento mais", Carlos parecia prestes a desmaiar. "Vou ao escritório descansar. Por favor, não sequestre mais ninguém", ele pegou suas chaves e saiu batendo a porta.

Noemi ficou ali parada até que levantou os olhos e viu a menina na sua frente. Noemi foi até a porta, trancou e colocou a chave no bolso do vestido. Ela usava um vestido verde musgo que ia da base do pescoço até abaixo dos joelhos, era de manga comprida e afinava na cintura.

"Sarah, querida, preciso da sua ajuda. Pegue os braços da

Irmã Edna, com cuidado", a menina obedeceu. "Vamos levá-la ao banheiro."

Noemi colocou a Irmã sentada no chão do banheiro, tirou a chave da fechadura, fechou a porta e a trancou. Colocou a chave no bolso e alisou o vestido. Sarah olhava para ela com as sobrancelhas levantadas. "Ela só vai ficar ali enquanto eu descubro o que fazer. Não quero que acorde e nos veja, sabe é... Isso que estamos fazendo... foi preciso... Porque você não vai ver televisão?", Noemi pegou o controle remoto e ligou a televisão. "Não é certo fazer isso com as pessoas, essa é uma situação...", Noemi procurou pela palavra, mas nada veio. De repente, a imagem daquela menina se transformando em uma criminosa apareceu na sua cabeça.

"Diferente", disse a menina.

"Isso... mas é errado mesmo assim, você sabe?"

"Sei", ela respondeu sem muita convicção.

Noemi desistiu, não seria ali que ensinaria o que era certo e errado para ela. Foi até a cozinha e tomou um copo d'água, abriu a geladeira, não havia muito. Pegou duas peras e dois ovos. Colocou os ovos em uma panela com água e pôs para ferver. Levou uma pera para a menina em cima de um prato dizendo para ela tomar cuidado para não sujar nada e comeu a outra. Quando a água dos ovos ferveu, ela os pegou, queimando os dedos pela pressa, descascou-os, levou um a Sarah e comeu o outro. Ao terminar de comer, ela lavou as mãos e pegou o telefone, se afastando o máximo que pôde de Sarah. De qualquer forma, Sarah parecia bem interessada no desenho da TV.

"Jamal", disse Noemi, assim que responderam do outro lado da linha. "Fomos ao convento e pegamos um livro, ainda não tive tempo de olhar, mas vou fazer anotações antes de viajar", Noemi falava baixo e rápido, sem tirar os olhos de Sarah.

"Viajar para onde?", perguntou Jamal.

"Ele insistiu que eu e a menina saíssemos daqui... vamos para o Vale do Rubi, foi o que ele sugeriu, acho que quer que eu fique perto de vocês, não disse a ele que vocês não estão lá. Posso dizer?"

"Não. Por enquanto, não. Ele vai querer se meter e eu é que não vou ficar perto de quem quer cortar minha cabeça."

"Não se preocupe, me certifiquei de que ele vai me manter informada. Não foi por isso que liguei. Tivemos uma complicação no convento...", Noemi contou tudo de Edna. "Não sei o que fazer com ela."

Jamal pensou por um momento. "Vá à Rua Rosária, número 12, fale com Lydia Norman. Diga que eu te mandei e explica o que você quer. Ela vai cobrar, então leve dinheiro, bastante. Essas coisas não são baratas."

"Como vou explicar a ele?"

Jamal deu risada. "Seja criativa", os dois se despediram e ela desligou o telefone. Foi até o banheiro e encostou a orelha na porta. Silêncio. Virou o rosto e Sarah a estava encarando.

"Venha, nós vamos sair."

"E ela vai ficar ali dentro?", perguntou a menina fazendo uma careta.

"Ela... vai... porque se eu a deixar sair, ela vai voltar para o convento e contar tudo a madre e nós não queremos isso, não é?", respondeu Noemi com a voz tremente.

Sarah balançou a cabeça.

Noemi franziu as sobrancelhas. Não era assim que queria começar seu relacionamento com ela. "Eu sinto muito por tudo isso... Eu vou explicar tudo para você, mas não agora. Tá bem?"

"Tá bom." Noemi pegou um guia de ruas que a diarista havia arrumado ao lado da TV e procurou pela rua que Jamal lhe dissera. Teve vontade de jogar o livro longe quando viu que ficava a mais de 10km de onde estava e Carlos provavelmente tinha levado o carro. *Mas ele deve estar dormindo... O escritório não fica longe.* "Então vamos", disse Noemi desligando a TV.

As duas andaram até o escritório. A porta estava aberta. "Espere aqui nas escadas. Não queremos acordá-lo", disse Noemi à menina.

Ela entrou sorrateiramente. Todas as cortinas estavam fechadas, deixando o cômodo escuro, mas alguns raios de sol ainda conseguiam dar luz ao lugar. Carlos dormia no sofá. Noemi não precisou procurar muito, as chaves do carro estavam em cima da mesa. Ela as pegou e saiu do mesmo jeito que entrou.

Quando elas chegaram ao lugar indicado, viram uma loja

comum de produtos naturais. Conferiu o endereço e era aquele mesmo. Não parecia ser um local onde Sarah não pudesse entrar. Assim que abriu a porta, um sininho tocou e uma mulher alta com os cabelos negros e os olhos azuis veio lhe atender. Quando ela se aproximou, Noemi reparou que ela tinha sardas por todo o rosto o que lhe dava um ar infantil. "Posso ajudar?", ela perguntou com um sorriso olhando para Sarah.

"Eu... eu preciso...", Noemi se esforçou para lembrar o que deveria falar, não era complicado, mas ela estava com medo do que iria encontrar. "Lydia... Preciso falar com Lydia Norman... Jamal me mandou."

A mulher a olhou de soslaio. "O lobo?" Noemi assentiu. "Eu sou Lydia. Do que você precisa?", Noemi olhou para trás com medo de que alguém pudesse entrar e ouvi-la. "Precisa de privacidade?", perguntou a mulher.

"Seria bom..."

Lydia foi até a porta, rodou a chave da porta, fechou as cortinas e fez um gesto com a mão para que Noemi a seguisse. Ela segurou a mão de Sarah com força e seguiu a mulher para dentro da loja, onde ficava o estoque. Lydia se abaixou no meio da sala, enfiou a mão em uma pequena depressão da madeira e levantou uma porta. Noemi prendeu a respiração. A mulher virou para trás e pegou uma lamparina que estava em cima de um dos armários, acendeu e começou a descer as escadas. Noemi esperou alguns segundos para segui-la. Pensou em rezar, mas não acreditava que Deus a escutasse mais, não depois de tudo o que ela fez e estava por fazer. Olhou para os lados, não havia ninguém, ninguém que pudesse ajudá-la. "Talvez seja melhor se você esperar aqui", disse Noemi a Sarah, que tinha os olhos arregalados.

"Tá bom", respondeu a menina olhando de soslaio para a escada.

"Não vou demorar, fique ali na loja."

Noemi desceu as escadas devagar, degrau após degrau e deixou a porta aberta atrás de si.

Quando chegou embaixo, viu outro tipo de loja. Havia uma lareira, uma pia e infinitos vidros com coisas dentro, coisas que Noemi preferiu não reparar no que eram. Viu utensílios de cozinha em um canto e panelas e caldeirões em outro. A mulher acendeu duas velas e o lugar ficou um pouco mais iluminado, fazendo com que Noemi visse um esqueleto pendurado em um canto, seus olhos cresceram e ela soltou um grito abafado. Lydia olhou para onde ela olhava e riu. "Não ligue para ele, serve só para ajudar, sabe, para saber onde estão as coisas dentro do nosso corpo. Agora, vai me contar por que Jamal te mandou? É estranho, você não parece o tipo de mulher que conhece Jamal."

"Eu... é uma longa história, ele me ajudou com um problema... mas não é por isso que estou aqui", Noemi contou da freira, não disse por que eles invadiram o convento, só disse que precisavam de algo para apagar sua memória. "Se possível, algo que não destrua toda sua memória, não quero lhe fazer mal, só quero que se esqueça de mim."

"Isso eu não posso fazer. Para apagar uma memória específica eu precisaria ficar muito tempo com ela e creio que você não iria gostar do que eu teria que fazer. Agora, podemos apagar a memória dela de um dia, o que é um dia, afinal?"

"Co... como?"

"Existem muitas formas na verdade, porém, é bom que você saiba, todas tem efeitos colaterais e nenhuma garante que ela não vá se esquecer de mais coisas do que você planejava."

Noemi comprimiu os lábios. "Quais são as opções?"

"Eu posso te dar uma poção. Quando ela tomar vai desmaiar e não vai se lembrar de nada que aconteceu com ela nas últimas 24h, mas como eu disse, ela pode se esquecer de mais coisas. Não muito mais, só um pouco. Posso te dar uma tinta para você colocar na sua comida ou bebida, ou forçá-la a beber pura, caso necessário. A tinta fará com que ela tenha fortes alucinações, ela não saberá se o que aconteceu com ela foi real ou se foi um sonho. Também tenho alguns... amiguinhos, que podem entrar no seu cérebro... não você não vai querer esse. Também posso encantar um objeto... mas ela teria que usá-lo a todo o momento então eu aconselharia enfiá-lo sob sua pele, mas acho que você também não vai querer fazer isso."

Noemi sentia as pernas formigarem. "Talvez, a poção seja a melhor opção."

"Eu imaginei, mas lembre-se, se ela esquecer mais do que você queria, eu avisei. Agora, vamos aos efeitos colaterais. Ela pode vir a sofrer transtornos na sua personalidade."

"Que tipo de transtorno?"

"Achar que é outra pessoa, normalmente alguém que ela sempre quis ser, um ídolo, ou às vezes a pessoa só muda, como alguém muito recatada pode sair na rua só de calcinha", Lydia deu risada. "Você disse que é uma freira, pode acontecer."

"Mas... isso passa? Depois de um tempo, ela volta ao normal?"

"Normalmente, sim. Alguns levam mais tempo do que outros. Alguns voltam ao normal completamente, outros ficam com resquícios. Tudo depende de cada um. Alguns nem sofrem desse problema."

Noemi parou para pensar, mas não havia muito o que fazer. As outras coisas que aquela mulher ofereceu pareciam drásticas demais. "Quanto custa?"

"Cento e trinta." Noemi não esperava menos, aliás, esperava que poderia até ser muito mais do que aquilo. Pelo menos podia pagar. "Estou dando um desconto porque conhece Jamal, fale isso para ele", acrescentou a mulher enquanto Noemi abria a bolsa.

Lydia foi até uma das prateleiras, remexeu em alguns vidros até alcançar a parede onde havia mais frascos pendurados em pregos. Ela pegou um em forma de gota, do tamanho da palma da mão, era de metal e tinha desenhos arabescos. Noemi já tinha o dinheiro separado em suas mãos. "Quanto devo dar?"

"Todo o frasco."

"Não é muito?", Noemi estava com medo de apagar toda a memória da Irmã.

"Se você quiser arriscar, pode dar metade, mas não garanto que ela esquecerá tudo o que você quer."

Noemi deu o dinheiro a ela e pegou o frasco guardando-o com muito cuidado dentro da bolsa.

Lydia fez um gesto para ela subir as escadas na sua frente.

Assim que entrou na loja procurou por Sarah e pôde respirar quando viu a menina mexendo nos pacotes de ervas que estavam nas prateleiras. Ela olhou para a freira e colocou o pacote de volta como se estivesse fazendo algo errado. "Só estava lendo o que era."

Noemi foi até ela e pegou na sua mão. Estava para se despedir quando se lembrou de Carlos. "Você teria algo para fortes dores de cabeça?"

"Que tipo de dor?"

"Dores causadas por... pelo esforço de... de tentar contatar outra pessoa através da mente."

"Não é para você, suponho."

"Não, é para um amigo."

"Você tem muitos amigos interessantes para uma freira. Diga a ele para mastigar folhas de erva-cidreira, se não passar, fale para vir aqui", a mulher destrancou a porta. Noemi a saudou com a cabeça e saiu da loja olhando para os lados, como se alguém pudesse aparecer e descobrir o que ela estava fazendo ali.

CAPÍTULO 24

Quando Noemi abriu a porta do apartamento de Carlos, lá estava ele andando de um lado para outro, mais irritado do que nunca. Assim que a porta se abriu, ele gritou, "Onde você estava?!".

"Calma. Eu não quis te preocupar e te estressar ainda mais..."

"Você roubou meu carro e deixou a freira aqui sozinha trancada no banheiro. E se ela acordasse e começasse a gritar, os vizinhos iam chamar a polícia e quem seria preso? Eu!"

"Eu tive que sair para resolver o problema, foi isso que você falou para eu fazer e era isso que eu estava fazendo", gritou Noemi. Ela esperou uns segundos e falou, "Liguei para Jamal. Contei o que aconteceu e disse que precisava de algo que fizesse com que Edna esquecesse tudo isso. E ele me mandou a um lugar e eu consegui essa... poção. Agora só temos que dar a ela e esperar que tudo isso desapareça".

Carlos tinha as mãos na cintura e as sobrancelhas juntas. Sarah continuou de mão dada com a freira assistindo à briga atentamente. "Por que ele te ajudou?", Carlos perguntou desconfiado.

"Eu implorei... e... bem ele me perguntou se você conseguiu pegar o livro e eu tive que responder senão ele não iria me ajudar... Disse que você tinha achado o livro, mas que estava em outra língua e ainda não sabia o que estava escrito."

"E o que ele disse?", perguntou Carlos mais calmo.

"Ele só me disse aonde ir."

"E onde é esse lugar?"

Noemi procurou na bolsa pelo endereço e o entregou a Carlos. Em seguida, pegou o frasco e deu para ele. "Ela disse que Edna precisa beber tudo e que pode haver efeitos colaterais."

"Quais efeitos?"

"Mudança de personalidade, permanente ou temporária", Noemi sentiu as lágrimas que se acumulavam em seus olhos, não queria chorar, mas foi inevitável.

"Não comece", disse Carlos sem paciência.

"Desculpe se não me sinto bem em fazer isso, mas sei que deve ser feito então..."

"Então se recomponha porque vamos ter que segurá-la e obrigá-la a tomar isso. Você acha que ela vai simplesmente beber isso aqui, depois que você deu uma panelada na sua cabeça?"

Noemi soltou um suspiro, não tinha pensado naquela parte.

O detetive tirou a carteira do bolso e pegou um saquinho branco. "O que é isso?", perguntou Noemi enquanto enxugava as lágrimas e se recompunha.

"Sais, para acordá-la."

"Você carrega isso na carteira?"

Carlos sorriu. "Meu pai me fez um treinamento de sobrevivência e primeiros socorros quando eu tinha 13 anos. Carregar sais aromáticos para acordar pessoas inconscientes estava na lista."

"Sarah, porque você não vai ver televisão... bem alto, se possível", disse Noemi, tentando parecer casual.

"Eu posso ajudar...", disse a menina.

133

"Não!", interromperam os dois, antes que ela continuasse. Já era demais que ela estivesse assistindo a tudo aquilo.

Sarah fez uma careta e foi ligar a TV. Noemi e Carlos se entreolharam e entraram no banheiro, fechando a porta. Edna estava na mesma posição, entre a pia e a privada. Suas pálpebras se mexiam como se ela estivesse para acordar e do lado esquerdo da testa um galo estava se formando. Carlos deu o frasco da poção e o saquinho de sais para Noemi e se colocou atrás da mulher segurando-lhe os braços. Noemi respirou fundo e rasgou o saco no nariz da freira, que em segundos abriu os olhos assustada. "O quê... por quê?", Edna começou a balbuciar assim que abriu os olhos, mas Noemi tentou ignorar, destampou o frasco e o colocou na sua boca, fazendo com que ela bebesse tudo. Noemi virou o rosto, não podia encará-la. Por mais que a freira se debatesse era inútil, Carlos era mais forte e ela logo voltou a dormir depois de engolir toda a poção.

"Uma boa parte escorreu pela boca", disse Noemi vendo que o rosto da freira e sua mão estavam molhados.

"Deve ter sido o suficiente...", disse Carlos enquanto saía de trás da freira. "Vamos deixá-la em um hospital e ir embora." Vendo o olhar que Noemi lhe deu, ele continuou, "Do que serve tudo isso se ela acordar e nos ver? Vamos, não sabemos quanto tempo ela ficará assim".

Carlos pegou Edna no colo e Noemi abriu a porta para ele passar. Sarah olhou para eles assim que apareceram. "Ela está bem", disse Noemi. "Só está dormindo. Vem, vamos sair, vamos levar a Irmã a um hospital, mas não se preocupe, ela vai ficar bem..."

"Não estou preocupada", respondeu Sarah desligando a TV.

"Não vamos entrar. Temos que deixá-la na porta e ir embora. Se entrarmos eles vão querer nomes e explicações...", disse Carlos enquanto dirigia.

"Podemos dizer que ela estava na calçada, assim desmaiada", disse Noemi, não queria deixá-la assim, queria ter certeza de que ficaria bem, pelo menos na medida do possível.

Carlos mordeu os lábios. "Tudo bem... Que calçada? Que rua? Se vamos mentir precisamos saber essas coisas. E que nome eu vou dar, não posso dar meu nome." Noemi não respondeu, parou para pensar em todas aquelas perguntas, mas foi tempo suficiente para Carlos mudar de ideia. "Não. Vamos deixá-la e ir. Não podemos arriscar. Não depois de tudo isso. Posso encostar o carro a alguns metros e ficar vigiando..."

"Tudo bem. Então quando eles a levarem para dentro, você volta para casa e eu entro no hospital e tento ver o que estão fazendo com ela."

"E se ela te ver?"

Noemi olhou para o banco de trás. Sarah estava atenta a conversa, como sempre e Edna se mexia como se tivesse tendo um sonho agitado. "Ela não vai me ver. Preciso fazer isso. Como você mesmo disse: depois de tudo o que fizemos, depois de tudo o que eu fiz. Não posso simplesmente ir embora, preciso pelo menos me certificar de que ela estará bem. Pessoas já morreram por minha causa, não quero mais uma na minha consciência."

Carlos não gostou da ideia, mas acabou concordando. Quando chegaram perto do hospital, ele encostou o carro. "Há muita gente na porta", disse Noemi, olhando para dois enfermeiros e um segurança que fumavam na porta.

"Vamos ter que entrar", afirmou Carlos conformado.

Ele saiu do carro e pegou a freira no colo. Andou depressa em direção ao pronto-socorro, logo o segurança e os enfermeiros vieram na sua direção. "Ela estava na rua... parece desmaiada", ele disse. Noemi vinha logo atrás com Sarah.

"Você a conhece?", perguntou um enfermeiro, enquanto outro correu para pegar uma maca.

"Não...", respondeu Carlos.

O enfermeiro pegou a freira e eles a levaram para dentro. Carlos e Noemi ficaram ali olhando por uns segundos, mas quando estavam se virando para voltar para o carro, o segurança falou. "Você precisa deixar seus dados, senhor."

Carlos mordeu os lábios. "Claro, mas estou com pressa, não vai demorar muito, não é?"

"Acho que não", respondeu o segurança.

Eles entraram. A freira já estava sendo examinada. A recepcionista deu um formulário para Carlos preencher, enquanto isso, Noemi observava Edna que estava acordando.

Carlos misturou nomes e endereços de colegas de escola no formulário e rezou para não pedirem nenhum documento. Sentiu um puxão na sua roupa e olhou para trás. Noemi estava abismada. Ela apontou para frente e quando ele olhou, viu Edna que agarrava o médico que a examinava. Carlos não conseguiu conter uma risada abafada, já Sarah começou a rir alto. O médico tentava se desvencilhar, mas Edna o segurava de todos os jeitos. Outros enfermeiros vieram ajudar, mas a freira ria e gracejava como se tivesse sido injetada com uma dose de paixão. "Acho que ela vai ficar bem", sussurrou Carlos para Noemi.

"Não, não vai. Olhe para isso. Não é ela! E se ela não se lembrar de quem ela realmente é?", disse Noemi entre os dentes para ninguém ouvir.

"Sinceramente, ela parece bem feliz assim desse jeito, talvez seja melhor que não se lembre. Termino isso aqui e vamos embora", ele se virou para terminar o formulário, enquanto isso, as enfermeiras foram cuidar da freira, visto que qualquer homem que chegasse perto era atacado. Quando uma delas perguntou seu nome e quem era, Edna respondeu, "Sou a Irmã Edna", depois soltou uma gargalhada que duraram muitos minutos, mas foi o suficiente para Noemi se sentir melhor, pelo menos ela sabia quem era. Agora precisava mesmo sair dali antes que ela a visse.

Carlos terminou de preencher o formulário de qualquer jeito e eles foram embora.

Três dias depois estava tudo pronto. Carlos comprou as passagens de ônibus e dois celulares baratos, um era para Noemi e o outro para Sarah. Ele as levou até a rodoviária às 20h debaixo de uma tempestade de verão e então chegou a hora de se despedir. "Você tem certeza de que não quer ajuda para traduzir o livro? Eu dei uma olhada e não é nada que eu conheça a fundo, mas acho que posso ajudar", perguntou Noemi.

"Não. Você precisa ir, nós estamos perto do convento, e como você mesma disse, é melhor que vocês duas fiquem longe... e eu não sei onde vou ter que me meter."

"E se não for esse o livro..."

"Se não for esse, vou dar outro jeito, mas com certeza não vou entrar nunca mais naquele lugar", ele lhe mostrou um sorriso simpático que Noemi retribuiu. "Boa sorte e... até logo...", Carlos não sabia exatamente o que dizer. A menina, que os observava, simplesmente deu um abraço em Carlos e entrou no ônibus.

Sem saber ao certo o que fazer, Carlos estendeu a mão para Noemi, ela a aferrou e entrou no ônibus dizendo, "Se cuide".

Carlos anuiu e esperou até que o ônibus partisse.

CAPÍTULO 25

*C*arlos entrou abatido no seu apartamento, era a primeira vez em dias que estava realmente sozinho. Assim que entrou em casa ele foi até a mesa da cozinha e pegou o livro que eles conseguiram pegar com tanto custo. Abriu o livro e olhou para aqueles desenhos, o que só fez com que ele se sentisse ainda pior. O desenho mostrava monstros, ou melhor, *daemons,* sendo mutilados ainda vivos, talvez se ele não tivesse conhecido Brianna e Jamal, aquele desenho poderia parecer normal, humanos matando monstros, nada mais justo, mas não era assim que ele se sentia. Após refletir sobre tudo aquilo e observar cada detalhe daquele desenho, compreendeu que era um ritual inquietante e era aquilo que sua mãe queria que ele fizesse. Jogou o livro em cima da mesa com aversão e ficou ali um tempo afundado em pensamentos. Desde que Noemi lhe dissera para mastigar a erva-cidreira, sua cabeça havia melhorado o bastante para que ele conseguisse ponderar com clareza, mas a dor resistia e ainda incomodava.

Passou a noite inteira andando pela casa vazia, indo até a janela, tomando café e comendo os restos de comida que Noemi havia deixado para ele. Quando o céu já estava ficando azul, ele decidiu. Só tinha uma pessoa que ele podia ir pedir por ajuda, mesmo que fosse uma ajuda paga, talvez até fosse melhor. Iria à loja que Noemi fora. Falaria com a tal de Lydia, tentaria traduzir o que estava escrito no livro e depois... Bom, depois só o conteúdo do livro poderia relevar qual seria seu próximo passo.

FIM

APÊNDICE

TANEK

Dois anos antes de Carlos aparecer no Vale do Rubi, Brianna namorava Jean, um necromante. Os dois se mudaram para um apartamento na cidade, ela continuava trabalhando com seu pai e ele fazia seus trabalhos de necromante. Certo dia, seu pai recebeu um chamado de um antigo amigo chamado Brock que tinha caído em uma armadilha e estava em dificuldade. Tanek queria ir sozinho atrás do seu amigo, mas Brianna insistiu em ir junto e ele não teve escolha a não ser ceder. Jean foi junto e Jamal ficou cuidando do bar.

Segundo a mensagem, ele estava em um castelo abandonado

que ficava a poucos quilômetros do Vale. Tanek não sabia o que ele estava fazendo ali, mas conhecendo seu amigo, tinha uma boa ideia: provavelmente estava atrás de coisas preciosas para vender a colecionadores, era a única coisa que sabia fazer e que lhe interessava.

Chegaram lá sem saber exatamente o que fariam. Seu pai disse que ele devia ter caído em alguma espécie de poço e eles só teriam que tirá-lo dali. Para enviar a mensagem, seu amigo usou um ritual que só permitiu lhe dizer sua localização. O lugar estava caindo aos pedaços, Tanek disse para eles se separarem e cada um foi para um lado. Começaram a chamar o nome dele, mas não houve resposta.

Tanek subiu algumas escadas e quase caiu quando um dos degraus se desfez sob seus pés. Ouviu um barulho de algo se arrastando e seguiu até chegar a uma torre. O trinco da porta estava quebrado, ele a empurrou e viu um buraco no chão. Ajoelhou-se e olhou para o fundo sem ver nada além de escuridão. Chamou pelo seu amigo e ouviu o eco da própria voz, mas não foi a única coisa que retornou, alguém respondeu, mas ele não conseguiu entender o que disseram, pois um eco se sobrepôs ao outro. Quando estava colocando a mão na cintura para pegar a corda que tinha presa no cinto, uma lâmina transpassou seu peito e alguém o chutou para dentro do buraco. Enquanto caía, chamou por Brianna.

Caiu por dois minutos tentando arrancar a lâmina, mas não conseguia. Era o sabre dos anjos, a única arma capaz de matá-lo; quando bateu no fundo soltou um grito de dor. Uma voz grave na escuridão falou com ele pedindo desculpa e dizendo que era uma armadilha. Era Brock. Tanek fez uma chama aparecer na sua mão e a aproximou do homem. Estava definhando, devia estar lá há muito tempo, pois era só pele e osso, suas mãos e pés estavam acorrentados e mal conseguia falar. Tanek perguntou quem tinha feito aquilo e seu amigo respondeu que era um padre. Ele perguntou se sabiam de Brianna. O homem anuiu.

Antes que Tanek gritasse, Brianna e Jean estavam cada um em um quarto, as portas se fecharam e se trancaram. Brianna estava no segundo andar, quebrou a janela com a mão, cortando o braço, e se pendurou; com os pés, quebrou a janela do andar de baixo e entrou novamente. Primeiro foi soltar Jean, não foi difícil encontrá-lo, visto que esmurrava a porta. Assim que o libertou, eles ouviram o grito de Tanek e correram.

Quando estavam no meio da escada, viram um padre que descia. Brianna saltou em cima dele, mordeu seu pescoço e o matou quase imediatamente. Eles correram até o alto da torre e chamaram por Tanek. Brianna saltou para dentro do buraco se apoiando na parede para amortecer a queda.

Seu pai já estava morto. Ela retirou o sabre, mas a pele dele já estava cinza e seus olhos vidrados. Brock lhe contou o que houve, o ritual foi feito pelo padre utilizando seu sangue. Brianna perguntou como o padre ficou sabendo do seu pai e ele contou que as freiras de um convento que fica perto do Vale descobriram e o chamaram, também disse que elas sabiam dela. Jean chamou por ela. Brianna pegou a corda do pai e eles alçaram os dois.

Brianna estava apática e assim ficou por muito tempo. Eles levaram seu pai e seu amigo de volta para o Vale do Rubi. Enterram seu pai no cemitério da cidade e Brock se recuperou em pouco tempo. Brianna anunciou que ia atrás das freiras. O amigo de seu pai, Jean e Jamal disseram que iam junto.

Foi um massacre. Os quatro entraram por todos os lados matando sem fazer perguntas e sem ver quem eram. Só pararam quando estavam todas mortas. Mas não era o suficiente. Não queria que aquele convento fosse reaberto. Queimaram o lugar com todos os corpos dentro e foram embora.

Brianna guardou o sabre com ela. Tentou destruí-lo, mas não conseguiu. Depois do furacão causado pelo baú de Christa, o sabre se perdeu. Brock foi embora e de vez em quando escrevia para saber notícias e dizer onde estava.

TANEK E CHRISTA

Quando Christa se mudou para o Vale do Rubi, Tanek logo sentiu que ela era diferente. Não era como ele e seus clientes, mas também não era humana. Era algo maior e por isso foi falar com ela. Ele só queria saber quem ela era e o que estava fazendo ali, pois não queria problemas.

Ela o recebeu na sua casa e, visto que já começava seu trabalho em controlar a mente de todos que ali viviam, tentou fazer o mesmo com ele e falhou. Sem outra escolha, o convidou para entrar. Ele perguntou quem ela era e o que fazia ali. Christa quis saber a mesma coisa e os dois abriram o jogo. Só restava saber o que faziam ali. Tanek deixou de fora o que Brianna fez e só disse que queria levar uma vida normal com a filha. Christa percebeu que tinha duas opções visto que não podia controlar sua mente: dizer a verdade ou matá-lo para evitar que colocasse tudo a perder, mas ela tinha consciência de que não era fácil matar um demônio daquela estirpe. Sendo assim, achou que eles podiam entrar em um acordo. Ela lhe explicou o que estava fazendo e o que pretendia fazer. Quando ela terminou, a única coisa que ele quis saber foi o que ela faria depois de destruir os Deuses. Christa respondeu que ele não tinha nada com que se preocupar, que ela governaria o mundo de forma mais justa do que os Deuses jamais fizeram. Tanek nunca acreditou naquilo, mas visto que ela não era uma ameaça iminente, ele se tranquilizou e propôs que cada um cuidasse da própria vida sem interferir na vida do outro. E ele foi ainda mais categórico ao dizer que queria que ela ficasse longe dos seus clientes e ele faria com que seus clientes ficassem longe de suas meninas, com o resto da cidade ela podia fazer o que bem entendesse. O acordo foi feito com a ressalva que se algum cliente de Tanek se aproximasse de suas meninas, ela teria o direito de fazer o que quisesse com o dito-cujo. Christa imaginava muito bem que tipo de cliente ele devia ter e não podia arriscar. Tanek aceitou.

Ele voltou ao pub e contou tudo a Brianna, eles colocaram um aviso em todos os quartos que dizia para que ficassem longe da Ilha dos Cisnes. Quando Jamal veio trabalhar para ele, foi a primeira regra que ele lhe disse e, tirando poucas vezes, seus hóspedes seguiram o aviso e quando não obedeceram não havia nada que ele pudesse fazer.

Mas, certa vez, ocorreu algo diferente. Antes que Jamal fosse trabalhar para eles, Tanek hospedou um druida. O homem fazia muitas perguntas e parecia ter intenção de ficar ali por tempo indefinido. Um dia, uma das meninas de Christa foi bater na porta do pub, coisa que nunca havia acontecido. Ela pediu que Tanek a acompanhasse, pois Christa precisava falar com ele com urgência.

Ao encontrar a valquíria, Tanek percebeu que havia algo errado. A mulher andava de um lado para o outro e suas mãos não paravam de se mexer. Christa lhe contou que o druida esteve no cemitério e perguntou se ele sabia o que o homem estava querendo ali, Tanek disse que nunca se envolvia com os assuntos dos seus hóspedes. Christa continuou dizendo que ele desenterrou corpos no cemitério. Ela havia enviado uma de suas meninas para averiguar, perdeu toda a ligação psíquica que havia com ela e a menina desapareceu. Christa tinha certeza que ele a matara e isso era o que a perturbava. Suas meninas eram treinadas para lutar contra Deuses. Como ele conseguiu matá-la?

Tanek respondeu que talvez fosse melhor deixá-lo fazer o que quer que estivesse fazendo e ele iria embora quando acabasse, mas Christa não se convenceu. Queria saber de qualquer jeito o que ele estava fazendo ali. Tanek logo entendeu do que aquilo se tratava, ela tinha medo de que ele estivesse ali por causa dela.

O demônio deu risada e falou o que pensava acrescentando que ele não iria entrar em uma briga para ajudá-la na sua cruzada. Christa não negou a sua preocupação, mas disse que ele também deveria se preocupar, afinal, estava dormindo debaixo do mesmo teto que sua filha. Foi o suficiente para fazer Tanek repensar o assunto. Eles planejaram seguir o druida naquela noite.

Assim que o homem saiu do pub, Tanek ligou para Christa, ele o seguiu e ela o encontrou no meio do caminho. Como ela havia dito, ele foi para o cemitério. Começou a cavar uma das sepulturas, que pareceu ter sido escolhida aleatoriamente. A ideia inicial era primeiro observar o que ele iria fazer com o corpo que encontrasse, para depois tomar alguma atitude, porém, paciência não era a virtude de nenhum dos dois e o druida cavava com muita dificuldade. Tanek se transformou e saltou em cima do homem que caiu estupefato com aquele ser demoníaco em cima dele. Christa apareceu logo em seguida perguntando o que ele estava fazendo ali. O druida assustado balbuciou coisas sem sentido. Ela perguntou mais uma vez e dessa vez acrescentou onde estava a menina. Ele enrugou a testa e respondeu freneticamente que não sabia. Christa perguntou como ele a havia matado. A resposta foi tão simples que ela se sentiu uma tola por ter se preocupado. Ele jogara uma esfera com um vapor que fez a mente da menina ficar confusa, por isso Christa perdeu o contato e foi o tempo suficiente para ele matá-la e enterrá-la junto com um dos corpos que desenterrara. O ódio de Christa a invadiu e ela lhe deu um chute no rosto enquanto perguntava por que desenterrar corpos e enterrá-los novamente. Ele respondeu que estava a procura de um baú, um baú que deveria conter a alma de uma valquíria. Tanek e Christa se olharam. A intuição dela estava certa, ele sabia. Ela perguntou o que ele faria com o baú caso o encontrasse, ele respondeu que ainda não sabia, mas poderia vir a calhar possuir tal objeto. Christa ordenou que Tanek o matasse, mas ele não o fez. Voltou a sua forma humana dizendo que ela podia matá-lo com suas próprias mãos. Ele saiu de cima do druida deixando-o desesperado e ela enfurecida. O homem mal teve tempo de se sentar e teve seu pescoço quebrado pelas mãos de Christa. Ela correu atrás de Tanek, o pegou pelo braço com força e perguntou se ele não estava do seu lado.

Ele riu.

Respondeu dizendo que nunca estivera do seu lado, que eles tinham um acordo, mas não iria matar por ela e, principalmente, não iria obedecer ordens como suas meninas faziam. Aquilo foi o suficiente para despertar em Christa algo há muito adormecido. Ela segurou seu rosto e o beijou.

Após aquela noite, eles se encontravam com frequência, sempre na sua casa. Brianna nunca soube.

Frequentando a casa de Christa ele aprendeu que suas meninas nunca se prostituíram, não de verdade. Os homens iam lá, não faziam absolutamente nada, deixavam mundos de dinheiro e saíam achando que tinham feito tudo. Isso divertia todas elas.

Tanek chegou a perguntar por que ela não desistia daquela missão por vingança para ficar ali, mas ela estava obstinada e mesmo se uma parte quisesse se render ao novo sentimento, outra, mais forte, não conseguia esquecer o que os Deuses fizeram contra ela. Não. Eles pagariam, todos eles.

Antes de Tanek fazer a viagem que o levou à morte, ele pediu à Christa para prometer que nunca faria mal a Brianna e ela prometeu. Quando ele morreu, ela chorou sem ninguém saber e todos os dias levava uma margarida ao seu túmulo, até o dia em que descobriu Carlos.

JAMAL E BRIANNA

Jamal viajou para muitos lugares antes de chegar ao Vale do Rubi.

Primeiro ele tentou se misturar com os humanos para despistar suas irmãs, mas acabava sempre por odiar seus colegas. Não podia evitar de se sentir superior de certa forma, mas ao mesmo tempo sempre encontrava alguém que fazia com que ele se lembrasse da mulher que o salvou e isso era o bastante para que ele controlasse seus instintos. Pensava nela de vez em quando e desejava que estivesse bem.

Depois de um tempo, decidiu viver como lobo em uma floresta. Ficou assim por cinco meses até encontrar uma mulher chamada Lydia. Ele a viu caminhando pela floresta e a seguiu. Não era comum ver pessoas por ali. A mulher parou em um local, meditou, depois começou a fazer movimentos que ele reconheceu como sendo tai chi. Quando ela terminou todo o ritual, ela se virou para ele. Jamal se colocou em posição de defesa imediatamente, não sabia que ela o tinha visto, mas ela sorriu e perguntou se ele precisava conversar. O lobo hesitou por um momento, se aproximou com passos cautelosos e mostrando os dentes. A mulher não se intimidou, continuou ali parada olhando para ele. Fazia tanto tempo desde que Jamal havia conversado com alguém que resolveu arriscar. Voltou a sua forma humana e a primeira coisa que fez foi perguntar como ela sabia. Lydia respondeu que era um dom e perguntou há quanto tempo ele vivia na floresta e como um lobisomem puro estava sem sua matilha. Jamal não pretendia contar sua vida para uma estranha e ela não insistiu, só disse que se ele quisesse um trabalho e se quisesse viver entre semelhantes ele podia procurá-la. Ela lhe deu seu cartão e foi embora.

Jamal passou um dia inteiro pensando sobre a proposta. No final, decidiu que não queria viver naquela floresta como lobo para sempre e se aquilo fosse uma armadilha das suas irmãs, então que fosse, talvez ele as mataria como fez com os outros e acabaria com aquilo.

No endereço que a mulher lhe deu havia uma loja de produtos naturais. Assim que abriu a porta e ouviu um sininho tocar, sabia que não conseguiria trabalhar ali. Jamal foi direto ao assunto, perguntou que tipo de trabalho ela estava falando. A mulher explicou que no seu ramo de trabalho ela conhecia muitas pessoas e que poderia ajudá-lo a achar algo, claro que não pela bondade do seu coração, mas por um pequeno preço. Jamal foi logo dizendo que não tinha dinheiro, mas ela respondeu que podia esperar até que ele arrumasse um trabalho e ele poderia pagar depois. Ele aceitou e eles conversaram sobre o que Jamal sabia fazer. O problema era que o que Jamal sabia fazer como arqueólogo não era muito útil por aquelas partes. Sendo assim, ela perguntou se ele se incomodaria em fazer um trabalho como lavar louça em um pub ou ser barista. Ele deu de ombros, achava que poderia tentar. Ela lhe assegurou que as pessoas, tanto o dono quanto os fregueses eram como ele, diferentes, e por isso ele não teria problemas. Lydia o enviou ao Vale do Rubi para trabalhar com Brianna e seu pai.

Lydia estava certa. Todos que entravam ali, com exceção de alguns desavisados, eram seus semelhantes. Pela primeira vez em muito tempo se sentia bem. Brianna lhe ensinou tudo o que tinha que saber, não que fosse muito difícil, mas mesmo assim seu pai gostava das coisas bem feitas. Os dois ficaram amigos e logo já sabiam tudo um do outro, até aquilo que ninguém mais sabia. Quando Jamal lhe disse de suas preocupações com suas irmãs que, até onde ele sabia, podiam aparecer ali a qualquer momento, Brianna simplesmente respondeu que se elas aparecessem, eles cuidariam delas. E ele não estava errado.

Um dia, quando todos dormiam, ele ouviu um uivo. Saltou da cama imediatamente e correu para fora do pub. Ali estavam, eram as duas com mais dois machos. Ele mal teve tempo de se transformar quando todos já saltavam em cima dele. Jamal não sabia quem o mordia e quem ele estava atacando, só sabia que sentia o gosto de sangue na boca, tinha certeza de que morreria ali, mas levaria pelo menos um deles com ele. Então ele viu uma movimentação que não soube dizer o que era, um dos lobos simplesmente desaparecera no ar como se tivesse sido jogado longe. Os outros lobos se dispersaram e ele viu Brianna com o rosto desfigurado, presas grandes e pontudas como as de uma serpente e os olhos amarelos. Do seu lado estava quem só poderia ser seu pai, mas ele nunca diria se não soubesse. Era um demônio em todos os aspectos, mas não foi o suficiente para espantar suas irmãs. Elas os estudaram um pouco, então uma delas voltou à forma humana dizendo em seguida que aquilo não era um problema deles, que Jamal traiu e matou sua família e que ele faria o mesmo com eles. Brianna não lhe deu uma resposta, saltou em cima dela e enquanto a mulher voltava a ser um lobo, enfiou suas presas no seu pescoço e a batalha se seguiu. Jamal não tinha mais condições de lutar, se afastou mancando enquanto Brianna e seu pai cuidavam do resto, mas sua irmã não o deixou ir. A loba estava sofrendo com o veneno de Brianna, seu corpo estava se decompondo aos poucos, mesmo assim, ela ainda conseguiu derrubá-lo. A última coisa que Jamal viu foi a cabeça da loba se desgrudando do seu corpo. Rolou os olhos e viu uma foice e um homem. Era o único hóspede do pub naquela noite. Seu nome era Jean.

SUSAN

Susan era uma garçonete em um pequeno bar. Todas as sextas-feiras uma banda de quatro rapazes tocava ali. O vocalista sempre flertava com Susan, mas ela não lhe dava muita atenção, até que um dia ele a convidou para ouvi-los tocar em um local famoso da cidade. Impressionada, ela aceitou o convite.

Esse foi o começo do relacionamento deles e tudo foi como um sonho para a moça, mas depois de um ano as coisas mudaram. Os companheiros da banda do seu namorado começaram a usar drogas, não que antes não usavam, mas usavam menos e com menos frequência, agora era sempre, todo dia, e ele também. Susan não gostava das drogas, mas gostava dos presentes e da atenção que ganhava, por isso continuou com ele.

Certo dia, quando Susan entrou no apartamento do seu namorado, ele não parecia nada bem. Ela não sabia o que ele tinha fumado ou injetado, não importava, o que importava era que estava descontrolado. Agia como se alguém o estivesse perseguindo, gritava para que o deixassem em paz e estava com uma faca em mãos. Susan se assustou com a cena e estava para ir embora quando ele pulou na sua frente com os olhos arregalados de terror. Susan deu alguns passos para trás, tropeçou na mesa de centro caindo ao chão e foi se arrastando para trás. Ele foi para cima dela como um touro, ela fez o que pôde para desviar, mas não conseguiu. A faca entrou no seu abdômen e ela soltou um gemido abafado enquanto ainda tentava se afastar dele. O rapaz alucinado ficou olhando para o sangue que escorria no tapete e esqueceu dela.

Susan continuou se afastando, queria alcançar o telefone, mas quanto mais se mexia, mais sangrava e sentia uma dor imensa. Seus olhos queriam fechar, mas ela não queria tirar os olhos dele, que continuava imóvel, sem piscar. A visão da moça começou a embaçar, não sabia se pelas lágrimas ou porque estava morrendo. Então, viu um vulto, achou que era ele e tentou ir para longe, mas não tinha forças. A pessoa chegou bem perto dela, não era ele. Era uma mulher. Ela lhe tocou o rosto e Susan se encontrou em pé no meio do apartamento; o rapaz ainda estava lá, assim como seu corpo caído. Olhou para si mesma, estava suja de sangue e Christa estava na sua frente. A mulher se apresentou, Susan perguntou se tinha morrido, Christa respondeu que ainda não, mas que ela poderia salvá-la. Ela colocou sua mão sobre a mão de Susan e falou que ela estava ali para ajudá-la a se vingar daquele que a matou, tudo o que ela pedia em troca era que ela a ajudasse na sua vingança também. Susan relutou, olhou em torno ainda tentando entender o que estava acontecendo, Christa lhe disse que não tinha muito tempo, precisava decidir antes de morrer. A garota perguntou o que aconteceria com ela, Christa respondeu que ela viveria, mas seria sua súdita e quando o momento chegasse ela deveria subir à morada dos Deuses, acrescentou dizendo que todo o tempo que elas passassem na terra se preparando ela poderia usar para se vingar e que nunca envelheceria. Susan respondeu que não queria ser escrava de ninguém, Christa disse que não seria escrava, no momento em que ela decidisse deixá-la, ela a liberaria, mas isso iria significar a concretização da sua morte, a escolha era dela, morrer agora ou prolongar a "vida". Susan não precisou de mais do que isso e aceitou o acordo.

Christa pegou na sua mão e a moça foi se sentindo mais viva e no entanto ali estava o seu corpo, agora morto. Tocou a parede para ver se ela era real, se era sólida e era! Estava um pouco tonta, mas não sentia dor. Então percebeu que o rapaz tinha ido embora, Christa viu o ódio em seu olhar e a acalmou dizendo que elas o encontrariam em qualquer lugar. A mulher tocou o ombro de Susan e então elas estavam em uma rua escura com alguns mendigos dormindo em um canto com um fogo para aquecê-los e ao longe Susan viu um homem vindo na direção delas. Ele tinha o passo apressado como se estivesse fugindo. Christa foi até ele, quando a luz do fogo iluminou o rosto do rapaz, Susan corou de ódio. Era ele! Ela se aproximou, mas logo percebeu que ele não a via. Christa estava na sua frente, com uma seringa na mão, ela não lhe disse nada, só colocou a seringa em suas mãos. Ele pegou, sem relutância, o que Susan achou estranho. Ali, na frente delas, ele injetou o conteúdo da seringa e em seguida caiu no chão agonizando. Feridas em carne viva começaram a aparecer no seu rosto, seus gritos chamaram a atenção dos mendigos que devagar começaram a se aproximar e Susan notou que eles não olhavam para elas. Christa tocou seu ombro novamente e elas estavam na sua casa. A moça se afastou dela perguntando quem ela era de verdade, ao que Christa respondeu prontamente, contando toda a sua história. Susan ainda desconfiava e questionou se aquilo que ela viu não fora um sonho ou algum de tipo de ilusão. Queria ter certeza de que aquilo realmente tinha acontecido. Christa, sempre paciente, concordou e disse para ela procurar por ele, tomando cuidado, pois para o mundo ela estava morta.

Susan colocou um lenço na cabeça, óculos escuros e foi para o hospital mais próximo da casa dele, afinal, se aquilo tudo foi real, era para lá que ele seria levado. Chegando lá, ela deu o nome do rapaz dizendo que era uma amiga e dando outro nome qualquer. A enfermeira a encaminhou, ele estava lá.

Ela o viu, pela janela de vidro do quarto, feridas enormes cobrindo, não só seu rosto, mas também suas mãos e pescoço. Um sorriso sutil nasceu nos lábios de Susan, o rapaz virou a cabeça para o lado, ela tirou os óculos e o lenço, queria que ele a visse e ele a viu. Seus olhos se encheram de terror, ela lhe fez um aceno com a mão e o seu sorriso se alargou. O rapaz apertou o botão desesperadamente para chamar a enfermeira. Ela deu as costas e foi embora se sentindo poderosa.

Susan correu para casa ansiosa para ver Christa novamente, chamou por ela e quando esta apareceu, ela lhe perguntou imediatamente o que mais poderiam fazer com ele, Christa respondeu que poderiam fazer o que ela quisesse. Susan lhe disse que faria qualquer coisa por ela, jurou lealdade e obediência e elas partiram para o Vale do Rubi onde Susan e outras como ela seriam treinadas pela própria Christa e de vez em quando sairiam para atormentar aqueles que as mataram.

JAMAL

Jamal fazia parte de uma matilha em que eram todos arqueólogos. Durante o dia eles escavavam, mas durante a noite era diferente. A matilha de Jamal era pura, ou seja: todos nasceram lobisomens, portanto não tinham problemas com a lua. Se transformavam quando queriam e sabiam muito bem o que estavam fazendo. Toda noite eles saíam juntos para caçar, não que precisassem, mas gostavam, era como um jantar em família. Certa noite, lá estavam eles, seis lobos, dois homens e quatro mulheres. Uma delas era a mãe de Jamal, as outras eram suas irmãs e o outro homem era seu pai. Eles estavam no Egito, passavam o dia no deserto em meio às pirâmides, mas à noite voltavam para a cidade e quando a madrugava reinava eles saíam como lobos. Não tinham uma presa definida, qualquer tipo de carne servia, podia ser outro animal, carnívoro ou herbívoro, voador ou mesmo um humano.

Eles andavam pelas ruas com uma certa distância entre si, evitando qualquer lugar movimentado, preferiam não causar estupor e nunca tiveram problemas, pois ninguém sobrevivia a um encontro com eles. No dia seguinte, o que sobrava do corpo assustava alguém que teve a infelicidade de passar pelo local, às vezes conseguiam identificar o corpo, às vezes não, mas não havia modo de dizer o que ou quem fez aquilo. Não caçavam sempre no mesmo lugar, pois sabiam que se muitas mortes acontecessem em um mesmo local, a segurança naquela área poderia aumentar.

Lá estavam eles, descendo escadas, passando por ruas estreitas e subindo ladeiras, quando avistaram um homem bêbado que estava sendo jogado para fora de um bar, devia ter entrado em uma briga, pois seu nariz sangrava. Ele se levantou xingando o dono do bar, cuspiu sangue e saiu cambaleando. A matilha o seguiu, eles se separaram para cercá-lo. O homem virou uma esquina e entrou em uma ruela, o lugar perfeito. Os seis se aproximaram lentamente, três por um lado da rua e três pelo outro. O pai de Jamal saltou em cima do homem e os outros acompanharam. O homem nem chegou a ver o que havia acontecido, já estava no chão tendo sua jugular estraçalhada, porém, o homem havia gritado ao cair. As vítimas sempre gritam, mas dessa vez alguém ouviu e foi ver o que era. E não era uma pessoa qualquer, era um soldado armado.

Quando o soldado virou na rua, viu a cena, seis lobos se alimentando de um homem, o horror e a surpresa durou pouco. Ele já estava com a arma pronta para atirar, não conhecia nada sobre lobos, achou que se atirasse em um os outros fugiriam e talvez o homem ainda estivesse vivo. Ele disparou. A bala entrou no flanco esquerdo de Jamal, ele soltou um ganido, os outros pararam de comer e imediatamente saltaram para cima do soldado. Jamal se arrastou para longe do local até não aguentar mais e cair quase desmaiado. Segundos depois, ele ouviu alguns passos ao longe e um grito abafado de surpresa. Sentiu uma mão acariciar seu pelo, foi colocado em cima de um pedaço de pano e foi arrastado para longe.

Quando Jamal acordou estava em um pequeno quarto. Ainda como lobo, ele levantou a cabeça e viu uma mulher de costas lavando panos empapados de sangue. A moça se virou e foi até ele com um sorriso, conversou com ele de modo carinhoso passando a mão na sua cabeça e colocou um curativo limpo na sua ferida. Ela lhe deu água, comida e depois saiu dizendo que voltava logo. Jamal tentou se levantar, mas não conseguiu, percebeu que teria que ficar ali até melhorar, o que não demoraria muito visto que seres como ele se regeneram mais rápido.

Após cinco dias, Jamal já conseguia ficar de pé. Não podia correr ou saltar, mas conseguiu andar de um lado para o outro. Pensou em ir embora quando a moça fosse dormir, mas disse a si mesmo que ainda precisava se recuperar e ficou mais um pouco.

Então chegou o dia em que ele já estava recuperado e não havia mais desculpas para ficar. A moça claramente não tinha intenção de colocá-lo para fora, sempre que estava em casa, ela conversava com ele e lhe fazia carinho. Então Jamal dizia para si mesmo, amanhã eu vou, mas amanhã nunca chegava.

Certo dia, já tarde da noite, Jamal sentiu um cheiro que o fez saltar da cama. Era sua família; estavam perto. Muito perto. Deviam estar a sua procura. A moça dormia com a janela aberta por causa do calor. Jamal ficou em dúvida se deveria acordá-la ou lidar com aquilo sozinho. Não demorou muito para decidir, visto que o cheiro ficava cada vez mais forte. Pela primeira vez em muitos dias, ele voltou a sua forma humana, a primeira coisa que fez foi correr até a janela, mas já era tarde. Dois lobos pularam pela janela e em seguida vieram os outros três.

Jamal deu alguns passos para trás, não sabia o que dizer e era óbvio que eles não entenderam o que ele estava fazendo ali, não estava ferido e parecia esconder algo. Não tiveram que procurar o que era, a moça saiu do quarto e quando viu cinco lobos e um homem na sua sala, ficou em choque, estava para fechar a porta do quarto quando um dos lobos saltou em cima dela derrubando-a no chão. Jamal voltou a sua forma de lobo e atacou aquele que estava em cima da moça, era uma de suas irmãs. A moça se arrastou para longe e se encolheu em um canto, os dois lobos ficaram andando em círculos por um tempo rosnando um para o outro, Jamal percebeu que os outros estavam vindo na sua direção, se ele quisesse ter alguma chance de salvar aquela mulher tinha que atacar, e assim ele fez. Atacou sua irmã e, em seguida, os outros lobos entraram na briga.

A moça aproveitou a briga e se esgueirou para fora do quarto, saiu correndo até chegar do outro lado da rua e então parou. Só então conseguiu assimilar o que tinha acontecido, o lobo era o homem, ele a estava defendendo e iria morrer. Ela voltou correndo, entrou em casa e pegou uma faca na cozinha; andou devagar, ainda ouvia rosnados, a primeira coisa que viu foi um dos lobos mortos, mas não era o seu, o seu tinha as patas pretas. Continuou andando, outro lobo estava acuado em um canto, sangrava, mas ainda respirava. Também não era o seu. Empurrou a porta do quarto, Jamal estava entre a parede e os outros três lobos. Assim que a mulher entrou, os lobos se viraram, um deles correu até ela, ela colocou a faca na sua frente e quando o lobo saltou a lâmina entrou na barriga do animal. Os dois caíram no chão, o lobo morto em cima dela. Antes mesmo que ela pudesse jogá-lo para o lado, outro lobo mordeu sua perna e ela soltou um grito. Ouviu mais rosnados e o som de choro de animal, quando conseguiu empurrar o animal para o lado, tirou a faca do seu peito e então sentiu uma dor lacerante nas suas costas. Ela viu de relance Jamal caído. Com o resto de força que tinha, ela conseguiu fazer um corte na perna do animal, que a soltou. O grito da moça fez com que os vizinhos viessem ver o que estava acontecendo e nessa hora entraram dois homens com pedaços de madeira nas mãos. Jamal escutou a chegada dos homens, bem antes deles entrarem na casa e por isso voltou a sua forma humana, sabia que o matariam se o vissem como lobo. Eles entraram e os dois lobos que ainda estavam vivos conseguiram escapar, visto que Jamal gritou para eles os deixarem ir e cuidarem da mulher.

Jamal e a moça foram levados para o hospital. Ele se recuperou muito mais rápido do que ela e não tinha nenhuma intenção de ficar por ali. Duas de suas irmãs tinham sobrevivido e ele as conhecia muito bem para saber que elas não deixariam aquilo barato. Deixou um bilhete para a mulher se mudar e evitar andar por lugares isolados à noite. Não explicou nada, não disse seu nome nem quem era e foi embora.

BRIANNA

Brianna descobriu seu lado demoníaco aos 13 anos. Na época, ela e seu pai viviam em um trailer, sempre viajando. Ela sempre gostou da biblioteca e um dia ficou ali até mais tarde, quando estava voltando para o trailer passou na frente de cinco meninos. Ela atravessou a rua, mas percebeu que eles começaram a vir atrás, então correu. Correu o mais rápido que conseguia, largou os livros que tinha nas mãos e continuou correndo, mas então uma dor aguda no seu peito a fez parar. Ela caiu de joelhos e sentiu as gengivas rasgarem e os dedos pulsarem de dor. Os meninos a alcançaram, mas quando um deles colocou a mão no seu ombro, ela avançou para cima dele como um animal acuado, rasgando sua garganta com os dentes. Os outros estavam para fugir, mas ela não deixou. Abriu as costas de um deles com as unhas e quebrou o pescoço de outro. Os outros dois já estavam longe. Ela correu atrás deles, correu tão rápido que voou para cima deles fazendo os dois rolarem pelo chão. Brianna arranhou o rosto de um e arrancou o coração do outro. Ficou ali, ofegante, com sangue por todos os lados. Quando olhou para o menino com o rosto rasgado viu que ele ainda estava vivo, mas estava se decompondo, se decompunha vivo. Um pequeno sorriso nasceu no seu rosto, mas ela logo voltou em si. Ouviu vozes ao longe, olhou em torno mais uma vez e saiu correndo.

Quando seu pai abriu a porta do trailer, viu Brianna parada com os olhos amarelos e vazios. Sua roupa, seu rosto, seus braços, tudo sujo de sangue. Ele a colocou para dentro enquanto se certificava que não havia ninguém por perto. Perguntou se ela estava machucada, mas ela não respondia. Depois de procurar pelo corpo da menina, chegou a conclusão de que o sangue não era dela. Ela não precisava falar, ele sabia o que tinha acontecido. Colocou a menina sentada no banco da frente e deu partida. Precisavam sair dali.

Seu pai dirigiu por 12h seguidas. Depois de um tempo no carro, Brianna acabou dormindo. Ele parou na beira de uma estrada deserta e a acordou dizendo que ela precisava tirar aquelas roupas e ir se lavar. Ela obedeceu apaticamente e enquanto ela tomava banho, ele queimou as roupas na beira da estrada. Quando voltou para o trailer, se ajoelhou na frente da filha e pediu desculpas, sabia que aquilo aconteceria mais cedo ou mais tarde, mas achou que tinha mais tempo e não sabia como contar que ela era meio demônio. Depois de ouvir seu pai, ela só lhe fez uma pergunta, que era por que o rosto do menino começou a se decompor. Seu pai lhe explicou que ela, assim como ele, era venenosa, como uma cobra ou aranha, e esse era o efeito do seu veneno. Não demorou muito para Brianna entender que foi o seu veneno que matou sua mãe quando ela nasceu e seu pai não pôde negar. Depois que ela contou exatamente o que aconteceu, ele tentou amenizar o ocorrido dizendo que ela estava se defendendo, mas esse não era o problema, ela sabia disso, não se sentia mal por ter matado os meninos, se sentia mal porque tinha gostado.

Os dias passaram e eles não pararam de viajar. Aos poucos, seu humor foi melhorando, principalmente com seu pai treinando seu autocontrole. Certo dia, foram parar no Vale do Rubi, seu pai tinha um velho amigo que morava ali. Brianna gostou do lugar e seu pai decidiu que eles ficariam ali; vendeu o trailer e com o dinheiro comprou um bar caindo aos pedaços. Seu amigo o ajudou a reformar o bar e Brianna e seu pai se estabeleceram ali.

CHRISTA

Há muito tempo, Christa se apaixonou por um mortal. Ele não era, porém, o tipo de mortal por quem as valquírias normalmente se apaixonam; era um assassino profissional.

Eles ficaram juntos na terra por dois anos e então, certo dia, ele recebeu um trabalho que consistia em matar uma pessoa importante; ele falhou e foi seriamente ferido, mas conseguiu escapar e voltou para o seu esconderijo onde Christa o esperava. Apesar dos seus esforços, ela não conseguiu salvá-lo, então fez a única coisa que podia para continuar com ele: levou sua alma para o Valhalla.

Durante um tempo, ninguém percebeu que aquela alma não pertencia àquele lugar onde só residiam almas de heróis, quando, porém, seu amado se meteu em uma briga, eles descobriram a verdade, Odin expulsou a alma do assassino para o mundo dos mortos ignorando todas as súplicas de Christa.

Inconformada e obstinada, ela foi ao mundo dos mortos com a intenção de trazê-lo de volta; lá encontrou um exército pronto para expulsá-la, ela recuou, mas ainda não tinha desistido. Fingiu ter aceitado o destino do assassino e secretamente recrutou almas de jovens mulheres que morreram com o coração partido, prometendo a elas a chance de se vingar, ela criou o seu próprio exército e voltou ao mundo dos mortos.

A batalha foi árdua para ambos os lados e ela ameaçou abrir as portas do mundo dos mortos e deixar todas as almas saírem, mas a guerra já tinha chegado aos ouvidos de Odin. O Deus levou seu exército para as portas do mundo dos mortos. Odin levou com ele um baú feito para aprisionar almas. Assim que teve oportunidade, em meio a batalha, utilizando um disfarce, o Deus conseguiu se aproximar da valquíria furtivamente; quando ela se deu conta, Odin estava ao seu lado, forçando sua mão a empurrar o besouro. O baú se abriu, sua alma foi sugada e ela caiu na terra com o que restava do seu exército.

SOBRE A AUTORA

Marina Sandoval, natural de São Paulo, é escritora e formada em Artes Cênicas com Pós-Graduação em Tradução. Viveu em Bolonha, na Itália, por três anos e aperfeiçoou-se em escrita criativa. Em 2010, lançou em Roma o seu primeiro livro intitulado "Capitolina", a história de duas fadas que se aventuram em um mundo de magia e fantasia. Em 2012 lançou o primeiro livro do C.S. – Detetive Particular. Em 2014 lançou "O 4º Mundo" pelo selo Vésper da Giz Editorial. Atualmente, está dando sequência no projeto da série C.S. e já está com o segundo volume do "O Quarto Mundo" em andamento para ser publicado em breve.

www.ingramcontent.com/pod-product-compliance
Lightning Source LLC
Chambersburg PA
CBHW021055130626
46552CB00005B/2117